FISCHER BIBLIOTHEK

Stefan Zweig

BRIEF EINER UNBEKANNTEN
DIE HOCHZEIT VON LYON
DER AMOKLÄUFER

Drei Erzählungen

S. Fischer Verlag

›Brief einer Unbekannten‹ erschien erstmals 1922 in dem Band ›Amok. Novellen einer Leidenschaft‹ im Insel-Verlag, Leipzig, und, als Faksimile-Druck des Manuskripts, in den von Hanns Martin Elster herausgegebenen ›Deutschen Dichterhandschriften‹ in der Lehmannschen Verlagsbuchhandlung, Dresden.
›Die Hochzeit von Lyon‹ wurde zuerst im August 1927 veröffentlicht im 11. Heft des 3. Jahrgangs der Zeitschrift ›Uhu. Das neue Monatsmagazin‹, Berlin.
›Der Amokläufer‹ wurde 1922 erstmals publiziert und ebenfalls in den Band ›Amok. Novellen einer Leidenschaft‹, Insel-Verlag, Leipzig, aufgenommen.

2. Auflage: 7.-9. Tausend
Für diese Ausgabe:

Satz und Druck: Wagner GmbH, Nördlingen
Einband: G. Lachenmaier, Reutlingen
Printed in Germany 1987
ISBN 3-10-097036-5

INHALT

BRIEF EINER UNBEKANNTEN

Als der bekannte Romanschriftsteller R. frühmorgens von dreitägigem erfrischendem Ausflug ins Gebirge wieder nach Wien zurückkehrte und am Bahnhof eine Zeitung kaufte, wurde er, kaum daß er das Datum überflog, erinnernd gewahr, daß heute sein Geburtstag sei. Der einundvierzigste, besann er sich rasch, und diese Feststellung tat ihm nicht wohl und nicht weh. Flüchtig überblätterte er die knisternden Seiten der Zeitung und fuhr mit einem Mietautomobil in seine Wohnung. Der Diener meldete aus der Zeit seiner Abwesenheit zwei Besuche sowie einige Telephonanrufe und überbrachte auf einem Tablett die angesammelte Post. Lässig sah er den Einlauf an, riß ein paar Kuverts auf, die ihn durch ihre Absender interessierten; einen Brief, der fremde Schriftzüge trug und zu umfangreich schien, schob er zunächst beiseite. Inzwischen war der Tee aufgetragen worden, bequem lehnte er sich in den Fauteuil, durchblätterte noch einmal die Zeitung und einige Drucksachen; dann zündete er sich eine Zigarre an und griff nun nach dem zurückgelegten Briefe.

Es waren etwa zwei Dutzend hastig geschriebene Seiten in fremder, unruhiger Frauenschrift, ein Manuskript eher als ein Brief. Unwillkürlich betastete er noch einmal das Kuvert, ob nicht darin ein Begleitschreiben vergessen geblieben wäre. Aber der Umschlag war leer und trug so wenig wie die Blätter selbst eine Absenderadresse oder eine Unterschrift. Seltsam, dachte er, und nahm das Schreiben wieder zur Hand. *»Dir, der Du mich nie gekannt«,* stand oben als Anruf, als Überschrift. Verwundert hielt er inne: galt das ihm, galt das einem erträumten Menschen? Seine Neugier war plötzlich wach. Und er begann zu lesen:

Mein Kind ist gestern gestorben – drei Tage und drei Nächte habe ich mit dem Tode um dies kleine, zarte Leben gerungen, vierzig Stunden bin ich, während die Grippe seinen armen, heißen Leib in Fieber schüttelte, an seinem Bette gesessen. Ich habe Kühles um seine glühende Stirn getan, ich habe seine unruhigen, kleinen Hände gehalten Tag und Nacht. Am dritten Abend bin ich zusammengebrochen. Meine Augen konnten nicht mehr, sie fielen zu, ohne daß ich es wußte. Drei Stunden oder vier war ich auf dem harten Sessel eingeschlafen, und indes hat der Tod ihn genommen. Nun liegt er dort, der süße arme Knabe, in seinem schmalen Kinderbett, ganz so wie er starb; nur die Augen hat man ihm geschlossen, seine klugen, dunkeln Augen, die Hände über dem weißen Hemd hat man ihm gefaltet, und vier Kerzen brennen hoch an den vier Enden des Bettes. Ich wage nicht hinzusehen, ich wage nicht mich zu rühren, denn wenn sie flackern, die Kerzen, huschen Schatten über sein Gesicht und den verschlossenen Mund, und es ist dann so, als regten sich seine Züge, und ich könnte meinen, er sei nicht tot, er würde wieder erwachen und mit seiner hellen Stimme etwas Kindlich-Zärtliches zu mir sagen. Aber ich weiß es, er ist tot, ich will nicht hinsehen mehr, um nicht noch einmal zu hoffen, nicht noch einmal enttäuscht zu sein. Ich weiß es, ich weiß es, mein Kind ist gestern gestorben – jetzt habe ich nur Dich mehr auf der Welt, nur Dich, der Du von mir nichts weißt, der Du indes ahnungslos spielst oder mit Dingen und Menschen tändelst. Nur Dich, der Du mich nie gekannt und den ich immer geliebt.

Ich habe die fünfte Kerze genommen und hier zu dem Tisch gestellt, auf dem ich an Dich schreibe. Denn ich kann nicht allein sein mit meinem toten Kinde, ohne mir die Seele auszuschreien, und zu wem sollte ich sprechen in dieser entsetzlichen Stunde, wenn nicht zu Dir, der Du mir alles warst und alles bist! Vielleicht kann ich nicht ganz deutlich zu Dir sprechen, vielleicht verstehst Du mich nicht – mein Kopf ist ja ganz dumpf, es zuckt und hämmert mir an den Schläfen, meine Glieder tun so weh. Ich glaube, ich habe Fieber, vielleicht auch schon die Grippe, die jetzt von Tür zu Tür schleicht, und das wäre gut, denn dann ginge ich mit meinem Kinde und müßte nichts tun wider mich. Manchmal wirds mir ganz dunkel vor den Augen, vielleicht kann ich diesen Brief nicht einmal zu Ende schreiben – aber ich will alle Kraft zusammentun, um einmal, nur dieses eine Mal zu Dir zu sprechen, Du mein Geliebter, der Du mich nie erkannt.

Zu Dir allein will ich sprechen, Dir zum erstenmal alles sagen; mein ganzes Leben sollst Du wissen, das immer das Deine gewesen und um das Du nie gewußt. Aber Du sollst mein Geheimnis nur kennen, wenn ich tot bin, wenn Du mir nicht mehr Antwort geben mußt, wenn das, was mir die Glieder jetzt so kalt und heiß schüttelt, wirklich das Ende ist. Muß ich weiterleben, so zerreiße ich diesen Brief und werde weiter schweigen, wie ich immer schwieg. Hältst Du ihn aber in Händen, so weißt Du, daß hier eine Tote Dir ihr Leben erzählt, ihr Leben, das das Deine war von ihrer ersten bis zu ihrer letzten wachen Stunde. Fürchte Dich nicht vor meinen Worten; eine Tote will nichts mehr, sie will nicht Liebe und nicht Mitleid und nicht Tröstung. Nur dies eine will ich von Dir, daß Du mir alles glaubst, was mein zu Dir hinflüchtender Schmerz Dir verrät. Glaube mir alles, nur dies eine bitte ich Dich: man lügt nicht in der Sterbestunde eines einzigen Kindes.

Mein ganzes Leben will ich Dir verraten, dies Leben, das wahrhaft erst begann mit dem Tage, da ich Dich kannte. Vorher war bloß etwas Trübes und Verworrenes, in das mein Erinnern nie mehr hinabtauchte, irgendein Keller von verstaubten, spinnverwebten, dumpfen Dingen und Menschen, von denen mein Herz nichts mehr weiß. Als Du kamst, war ich dreizehn Jahre und wohnte im selben Hause, wo Du jetzt wohnst, in demselben Hause, wo Du diesen Brief, meinen letzten Hauch Leben, in Händen hältst, ich wohnte auf demselben Gange, gerade der Tür Deiner Wohnung gegenüber. Du erinnerst Dich gewiß nicht mehr an uns, an die ärmliche Rechnungsratswitwe (sie ging immer in Trauer) und das halbwüchsige, magere Kind – wir waren ja ganz still, gleichsam hinabgetaucht in unsere kleinbürgerliche Dürftigkeit – Du hast vielleicht nie unseren Namen gehört, denn wir hatten kein Schild auf unserer Wohnungstür, und niemand kam, niemand fragte nach uns. Es ist ja auch schon so lange her, fünfzehn, sechzehn Jahre, nein, Du weißt es gewiß nicht mehr, mein Geliebter, ich aber, oh, ich erinnere mich leidenschaftlich an jede Einzelheit, ich weiß noch wie heute den Tag, nein, die Stunde, da ich zum erstenmal von Dir hörte, Dich zum erstenmal sah, und wie sollte ichs auch nicht, denn damals begann ja die Welt für mich. Dulde, Geliebter, daß ich Dir alles, alles von Anfang erzähle, werde, ich bitte Dich, die eine Viertelstunde von mir zu hören nicht müde, die ich ein Leben lang Dich zu lieben nicht müde geworden bin.

Ehe Du in unser Haus einzogst, wohnten hinter Deiner Tür häßliche, böse, streitsüchtige Leute. Arm wie sie waren, haßten sie am meisten die nachbarliche Armut, die unsere, weil sie nichts gemein haben wollte mit ihrer herabgekommenen, proletarischen Roheit. Der Mann war ein Trunkenbold und schlug seine Frau; oft wachten wir auf in der Nacht vom Getöse fallender Stühle und zerklirrter Teller, einmal lief sie, blutig geschlagen, mit zerfetzten Haaren auf die Treppe, und hinter ihr grölte der Betrunkene, bis die Leute aus den Türen kamen und ihn mit der Polizei bedrohten. Meine Mutter hatte von Anfang an jeden Verkehr mit ihnen vermieden und verbot mir, zu den Kindern zu sprechen, die sich dafür bei jeder Gelegenheit an mir rächten. Wenn sie mich auf der Straße trafen, riefen sie schmutzige Worte hinter mir her und schlugen mich einmal so mit harten Schneeballen, daß mir das Blut von der Stirne lief. Das ganze

Haus haßte mit einem gemeinsamen Instinkt diese Menschen, und als plötzlich einmal etwas geschehen war – ich glaube, der Mann wurde wegen eines Diebstahls eingesperrt – und sie mit ihrem Kram ausziehen mußten, atmeten wir alle auf. Ein paar Tage hing der Vermietungszettel am Haustore, dann wurde er heruntergenommen, und durch den Hausmeister verbreitete es sich rasch, ein Schriftsteller, ein einzelner, ruhiger Herr, habe die Wohnung genommen. Damals hörte ich zum erstenmal Deinen Namen.

Nach ein paar Tagen schon kamen Maler, Anstreicher, Zimmerputzer, Tapezierer, die Wohnung nach ihren schmierigen Vorbesitzern reinzufegen, es wurde gehämmert, geklopft, geputzt und gekratzt, aber die Mutter war nur zufrieden damit, sie sagte, jetzt werde endlich die unsaubere Wirtschaft drüben ein Ende haben. Dich selbst bekam ich, auch während der Übersiedlung, noch nicht zu Gesicht: alle diese Arbeiten überwachte Dein Diener, dieser kleine, ernste, grauhaarige Herrschaftsdiener, der alles mit einer leisen, sachlichen Art von oben herab dirigierte. Er imponierte uns allen sehr, erstens, weil in unserem Vorstadthaus ein Herrschaftsdiener etwas ganz Neuartiges war, und dann, weil er zu allen so ungemein höflich war, ohne sich deshalb mit den Dienstboten auf eine Stufe zu stellen und in kameradschaftliche Gespräche einzulassen. Meine Mutter grüßte er vom ersten Tage an respektvoll als eine Dame, sogar zu mir Fratzen war er immer zutraulich und ernst. Wenn er Deinen Namen nannte, so geschah das immer mit einer gewissen Ehrfurcht, mit einem besonderen Respekt – man sah gleich, daß er Dir weit über das Maß des gewohnten Dienens anhing. Und wie habe ich ihn dafür geliebt, den guten alten Johann, obwohl ich ihn beneidete, daß er immer um Dich sein durfte und Dir dienen.

Ich erzähle Dir all das, Du Geliebter, all diese kleinen, fast lächerlichen Dinge, damit Du verstehst, wie Du von Anfang an schon eine solche Macht gewinnen konntest über das scheue, verschüchterte Kind, das ich war. Noch ehe du selbst in mein Leben getreten, war schon ein Nimbus um Dich, eine Sphäre von Reichtum, Sonderbarkeit und Geheimnis – wir alle in dem kleinen Vorstadthaus (Menschen, die ein enges Leben haben, sind ja immer neugierig auf alles Neue vor ihren Türen) warteten schon ungeduldig auf Deinen Einzug. Und diese Neugier nach Dir, wie steigerte sie sich erst bei mir, als ich eines Nachmittags von der Schule nach Hause kam und der Möbelwagen vor dem Hause stand. Das meiste, die schweren Stücke, hatten die Träger schon hinaufbefördert, nun trug man einzeln kleinere Sachen hinauf; ich blieb an der Tür stehen, um alles bestaunen zu können, denn alle Deine Dinge waren so seltsam anders, wie ich sie nie gesehen; es gab da indische Götzen, italienische Skulpturen, ganz grelle, große Bilder, und dann zum Schluß kamen Bücher, so viele und so schöne, wie ich es nie für möglich gehalten. An der Tür wurden sie alle aufgeschichtet, dort übernahm sie der Diener und schlug mit Stock und Wedel vorsichtig den Staub aus jedem einzelnen. Ich schlich neugierig um den immer wachsenden Stoß herum, der Diener wies mich nicht weg, aber er ermutigte mich auch nicht; so wagte ich keines anzurühren, obwohl ich das weiche Leder von manchen gern befühlt hätte. Nur die Titel sah ich scheu von der Seite an: es waren französische, englische darunter und manche in Sprachen, die ich nicht verstand. Ich glaube, ich hätte sie stundenlang alle angesehen: da rief mich die Mutter hinein.

Den ganzen Abend dann mußte ich an Dich denken; noch ehe ich Dich kannte. Ich besaß selbst nur ein Dutzend billige, in zerschlissene Pappe gebundene Bücher, die ich über alles liebte und immer wieder las. Und nun bedrängte mich dies, wie der Mensch sein müßte, der all diese vielen herrlichen Bücher besaß und gelesen hatte, der alle diese Sprachen wußte, der so reich war und so gelehrt zugleich. Eine Art überirdischer Ehrfurcht verband sich mir mit der Idee dieser vielen Bücher. Ich suchte Dich mir im Bilde vorzustellen: Du warst ein alter Mann mit einer Brille und einem weißen langen Bart, ähnlich wie unser Geographieprofessor, nur viel gütiger, schöner und milder – ich weiß nicht, warum ich damals schon gewiß war, Du müßtest schön sein, wo ich noch an Dich wie einen alten Mann dachte. Damals in jener Nacht und noch ohne Dich zu kennen, habe ich das erstemal von Dir geträumt.

Am nächsten Tage zogst Du ein, aber trotz allen Spähens konnte ich Dich nicht zu Gesicht bekommen – das steigerte nur meine Neugier. Endlich, am dritten Tage, sah ich Dich, und wie erschütternd war die Überraschung für mich, daß Du so anders warst, so ganz ohne Beziehung zu dem kindlichen Gottvaterbilde. Einen bebrillten gütigen Greis hatte ich mir geträumt, und da kamst Du – Du, ganz so, wie Du noch heute bist, Du Unwandelbarer, an dem die Jahre lässig abgleiten! Du trugst eine hellbraune, entzükkende Sportdreß und liefst in Deiner unvergleichlich leichten knabenhaften Art die Treppe hinauf, immer zwei Stufen auf einmal nehmend. Den Hut trugst Du in der Hand, so sah ich mit einem gar nicht zu schildernden Erstaunen Dein helles, lebendiges Gesicht mit dem jungen Haar: wirklich, ich erschrak vor Erstaunen, wie jung, wie hübsch, wie federnd-schlank und elegant Du warst. Und ist es nicht seltsam: in dieser ersten Sekunde empfand ich ganz deutlich das, was ich und alle andern an Dir als so einzig mit einer Art Überraschung immer wieder empfinden: daß Du irgendein zwiefacher Mensch bist, ein heißer, leichtlebiger, ganz dem Spiel und dem Abenteuer hingegebener Junge, und gleichzeitig in Deiner Kunst ein unerbittlich ernster, pflichtbewußter, unendlich belesener und gebildeter Mann. Unbewußt empfand ich, was dann jeder bei Dir spürte, daß Du ein Doppelleben führst, ein Leben mit einer hellen, der Welt offen zugekehrten Fläche, und einer ganz dunkeln, die Du nur allein kennst – diese tiefste Zweiheit, das Geheimnis Deiner Existenz, sie fühlte ich, die Dreizehnjährige, magisch angezogen, mit meinem ersten Blick. Verstehst Du nun schon, Geliebter, was für ein Wunder, was für eine verlockende Rätselhaftigkeit Du für mich, das Kind, sein mußtest! Einen Menschen, vor dem man Ehrfurcht hatte, weil er Bücher schrieb, weil er berühmt war in jener andern großen Welt, plötzlich als einen jungen, eleganten, knabenhaft heiteren, fünfundzwanzigjährigen Mann zu entdecken! Muß ich Dir noch sagen, daß von diesem Tage an in unserem Hause, in meiner ganzen armen Kinderwelt mich nichts interessierte als Du, daß ich mit dem ganzen Starrsinn, der ganzen bohrenden Beharrlichkeit einer Dreizehnjährigen nur mehr um Dein Leben, um Deine Existenz herumging. Ich beobachtete Dich, ich beobachtete Deine Gewohnheiten, beobachtete die Menschen, die zu Dir kamen, und all das vermehrte nur, statt sie zu mindern, meine Neugier nach Dir selbst, denn die ganze Zwiefältigkeit Deines Wesens drückte sich in der Verschiedenheit dieser Besuche aus. Da kamen junge Menschen, Kameraden von Dir, mit denen Du lachtest und übermütig warst, abgerissene Studenten, und dann wieder Damen, die in Autos vorfuhren, einmal der Direktor der Oper, der große Dirigent, den ich ehrfürchtig nur am Pulte von fern gesehen, dann wieder kleine Mädel, die noch in die Handelsschule gingen und verlegen in die Tür hineinhuschten, überhaupt viel, sehr viel Frauen. Ich dachte mir nichts Besonderes dabei, auch nicht, als ich eines Morgens, wie ich zur Schule ging, eine Dame ganz verschleiert von Dir weggehen sah – ich war ja erst dreizehn Jahre alt, und die leidenschaftliche Neugier, mit der ich Dich umspähte und belauerte, wußte im Kinde noch nicht, daß sie schon Liebe war.

Aber ich weiß noch genau, mein Geliebter, den Tag und die Stunde, wann ich ganz und für immer an Dich verloren war. Ich hatte mit einer Schulfreundin einen Spaziergang gemacht, wir standen plaudernd vor dem Tor. Da kam ein Auto angefahren, hielt an, und schon

sprangst Du mit Deiner ungeduldigen, elastischen Art, die mich noch heute an Dir immer hinreißt, vom Trittbrett und wolltest in die Tür. Unwillkürlich zwang es mich, Dir die Tür aufzumachen, und so trat ich Dir in den Weg, daß wir fast zusammengerieten. Du sahst mich an mit jenem warmen, weichen, einhüllenden Blick, der wie eine Zärtlichkeit war, lächeltest mir – ja, ich kann es nicht anders sagen als: zärtlich zu und sagtest mit einer ganz leisen und fast vertraulichen Stimme: »Danke vielmals, Fräulein.«
Das war alles, Geliebter; aber von dieser Sekunde, seit ich diesen weichen, zärtlichen Blick gespürt, war ich Dir verfallen. Ich habe ja später, habe es bald erfahren, daß Du diesen umfangenden, an Dich ziehenden, diesen umhüllenden und doch zugleich entkleidenden Blick, diesen Blick des gebornen Verführers, jeder Frau hingibst, die an Dich streift, jedem Ladenmädchen, das Dir verkauft, jedem Stubenmädchen, das Dir die Tür öffnet, daß dieser Blick bei Dir gar nicht bewußt ist als Wille und Neigung, sondern daß Deine Zärtlichkeit zu Frauen ganz unbewußt Deinen Blick weich und warm werden läßt, wenn er sich ihnen zuwendet. Aber ich, das dreizehnjährige Kind, ahnte das nicht: ich war wie in Feuer getaucht. Ich glaubte, die Zärtlichkeit gelte nur mir, nur mir allein, und in dieser einen Sekunde war die Frau in mir, der Halbwüchsigen, erwacht und war diese Frau Dir für immer verfallen.
»Wer war das?« fragte meine Freundin. Ich konnte ihr nicht gleich antworten. Es war mir unmöglich, Deinen Namen zu nennen: schon in dieser einen, dieser

einzigen Sekunde war er mir heilig, war er mein Geheimnis geworden. »Ach, irgendein Herr, der hier im Hause wohnt«, stammelte ich dann ungeschickt heraus. »Aber warum bist du denn so rot geworden, wie er dich angeschaut hat?« spottete die Freundin mit der ganzen Bosheit eines neugierigen Kindes. Und eben weil ich fühlte, daß sie an mein Geheimnis spottend rühre, fuhr mir das Blut noch heißer in die Wangen. Ich wurde grob aus Verlegenheit. »Blöde Gans«, sagte ich wild: am liebsten hätte ich sie erdrosselt. Aber sie lachte nur noch lauter und höhnischer, bis ich fühlte, daß mir die Tränen in die Augen schossen vor ohnmächtigem Zorn. Ich ließ sie stehen und lief hinauf.

Von dieser Sekunde an habe ich Dich geliebt. Ich weiß, Frauen haben Dir, dem Verwöhnten, oft dieses Wort gesagt. Aber glaube mir, niemand hat Dich so sklavisch, so hündisch, so hingebungsvoll geliebt wie dieses Wesen, das ich war und das ich für Dich immer geblieben bin, denn nichts auf Erden gleicht der unbemerkten Liebe eines Kindes aus dem Dunkel, weil sie so hoffnungslos, so dienend, so unterwürfig, so lauernd und leidenschaftlich ist, wie niemals die begehrende und unbewußt doch fordernde Liebe einer erwachsenen Frau. Nur einsame Kinder können ganz ihre Leidenschaft zusammenhalten: die andern zerschwätzen ihr Gefühl in Geselligkeit, schleifen es ab in Vertraulichkeiten, sie haben von Liebe viel gehört und gelesen und wissen, daß sie ein gemeinsames Schicksal ist. Sie spielen damit, wie mit einem Spielzeug, sie prahlen damit, wie Knaben mit ihrer ersten Zigarette.

Aber ich, ich hatte ja niemand, um mich anzuvertrauen, war von keinem belehrt und gewarnt, war unerfahren und ahnungslos: ich stürzte hinein in mein Schicksal wie in einen Abgrund. Alles, was in mir wuchs und aufbrach, wußte nur Dich, den Traum von Dir, als Vertrauten: mein Vater war längst gestorben, die Mutter mir fremd in ihrer ewig unheiteren Bedrücktheit und Pensionistenängstlichkeit, die halbverdorbenen Schulmädchen stießen mich ab, weil sie so leichtfertig mit dem spielten, was mir letzte Leidenschaft war – so warf ich alles, was sich sonst zersplittert und verteilt, warf ich mein ganzes zusammengepreßtes und immer wieder ungeduldig aufquellendes Wesen Dir entgegen. Du warst mir – wie soll ich es Dir sagen? jeder einzelne Vergleich ist zu gering – Du warst eben alles, mein ganzes Leben. Alles existierte nur insofern, als es Bezug hatte auf Dich, alles in meiner Existenz hatte nur Sinn, wenn es mit Dir verbunden war. Du verwandeltest mein ganzes Leben. Bisher gleichgültig und mittelmäßig in der Schule, wurde ich plötzlich die Erste, ich las tausend Bücher bis tief in die Nacht, weil ich wußte, daß Du die Bücher liebtest, ich begann, zum Erstaunen meiner Mutter, plötzlich mit fast störrischer Beharrlichkeit Klavier zu üben, weil ich glaubte, Du liebtest Musik. Ich putzte und nähte an meinen Kleidern, nur um gefällig und proper vor Dir auszusehen, und daß ich an meiner alten Schulschürze (sie war ein zugeschnittenes Hauskleid meiner Mutter) links einen eingesetzten viereckigen Fleck hatte, war mir entsetzlich. Ich fürchtete, Du könntest ihn bemerken und mich

verachten; darum drückte ich immer die Schultasche darauf, wenn ich die Treppe hinauflief, zitternd vor Angst, Du würdest ihn sehen. Aber wie töricht war das: Du hast mich ja nie, fast nie mehr angesehen.
Und doch: ich tat eigentlich den ganzen Tag nichts als auf Dich warten und Dich belauern. An unserer Tür war ein kleines messingenes Guckloch, durch dessen kreisrunden Ausschnitt man hinüber auf Deine Tür sehen konnte. Dieses Guckloch – nein, lächle nicht, Geliebter, noch heute, noch heute schäme ich mich jener Stunden nicht! – war mein Auge in die Welt hinaus, dort, im eiskalten Vorzimmer, scheu vor dem Argwohn der Mutter, saß ich in jenen Monaten und Jahren, ein Buch in der Hand, ganze Nachmittage auf der Lauer, gespannt wie eine Saite und klingend, wenn Deine Gegenwart sie berührte. Ich war immer um Dich, immer in Spannung und Bewegung; aber Du konntest es so wenig fühlen wie die Spannung der Uhrfeder, die Du in der Tasche trägst und die geduldig im Dunkel Deine Stunden zählt und mißt, Deine Wege mit unhörbarem Herzpochen begleitet und auf die nur einmal in Millionen tickender Sekunden Dein hastiger Blick fällt. Ich wußte alles von Dir, kannte jede Deiner Gewohnheiten, jede Deiner Krawatten, jeden Deiner Anzüge, ich kannte und unterschied bald Deine einzelnen Bekannten und teilte sie in solche, die mir lieb, und solche, die mir widrig waren: von meinem dreizehnten bis zu meinem sechzehnten Jahre habe ich jede Stunde in Dir gelebt. Ach, was für Torheiten habe ich begangen! Ich küßte die Türklinke, die Deine Hand berührt hatte, ich stahl einen

Zigarrenstummel, den Du vor dem Eintreten weggeworfen hattest, und er war mir heilig, weil Deine Lippen daran gerührt. Hundertmal lief ich abends unter irgendeinem Vorwand hinab auf die Gasse, um zu sehen, in welchem Deiner Zimmer Licht brenne, und so Deine Gegenwart, Deine unsichtbare, wissender zu fühlen. Und in den Wochen, wo Du verreist warst – mir stockt immer das Herz vor Angst, wenn ich den guten Johann Deine gelbe Reisetasche hinabtragen sah –, in diesen Wochen war mein Leben tot und ohne Sinn. Mürrisch, gelangweilt, böse ging ich herum und mußte nur immer achtgeben, daß die Mutter an meinen verweinten Augen nicht meine Verzweiflung merke.

Ich weiß, das sind alles groteske Überschwänge, kindische Torheiten, die ich Dir da erzähle. Ich sollte mich ihrer schämen, aber ich schäme mich nicht, denn nie war meine Liebe zu Dir reiner und leidenschaftlicher als in diesen kindlichen Exzessen. Stundenlang, tagelang könnte ich Dir erzählen, wie ich damals mit Dir gelebt, der Du mich kaum von Angesicht kanntest, denn begegnete ich Dir auf der Treppe und gab es kein Ausweichen, so lief ich, aus Furcht vor Deinem brennenden Blick, mit gesenktem Kopf an Dir vorbei wie einer, der ins Wasser stürzt, nur daß mich das Feuer nicht versenge. Stundenlang, tagelang könnte ich Dir von jenen Dir längst entschwundenen Jahren erzählen, den ganzen Kalender Deines Lebens aufrollen; aber ich will Dich nicht langweilen, will Dich nicht quälen. Nur das schönste Erlebnis meiner Kindheit will ich Dir noch anvertrauen, und ich bitte

Dich, nicht zu spotten, weil es ein so Geringes ist, denn mir, dem Kinde, war es eine Unendlichkeit. An einem Sonntag muß es gewesen sein. Du warst verreist, und Dein Diener schleppte die schweren Teppiche, die er geklopft hatte, durch die offene Wohnungstür. Er trug schwer daran, der Gute, und in einem Anfall von Verwegenheit ging ich zu ihm und fragte, ob ich ihm nicht helfen könnte. Er war erstaunt, aber ließ mich gewähren, und so sah ich – vermöchte ich Dirs doch nur zu sagen, mit welcher ehrfürchtigen, ja frommen Verehrung! – Deine Wohnung von innen, Deine Welt, den Schreibtisch, an dem Du zu sitzen pflegtest und auf dem in einer blauen Kristallvase ein paar Blumen standen, Deine Schränke, Deine Bilder, Deine Bücher. Nur ein flüchtiger, diebischer Blick war es in Dein Leben, denn Johann, der Getreue, hätte mir gewiß genaue Betrachtung gewehrt, aber ich sog mit diesem einen Blick die ganze Atmosphäre ein und hatte Nahrung für meine unendlichen Träume von Dir im Wachen und Schlaf.

Dies, diese rasche Minute, sie war die glücklichste meiner Kindheit. Sie wollte ich Dir erzählen, damit Du, der Du mich nicht kennst, endlich zu ahnen beginnst, wie ein Leben an Dir hing und verging. Sie wollte ich Dir erzählen und jene andere noch, die fürchterlichste Stunde, die jener leider so nachbarlich war. Ich hatte – ich sagte es Dir ja schon – um Deinetwillen an alles vergessen, ich hatte auf meine Mutter nicht acht und kümmerte mich um niemanden. Ich merkte nicht, daß ein älterer Herr, ein Kaufmann aus Innsbruck, der mit meiner Mutter entfernt verschwägert war, öfter kam und länger blieb, ja, es war mir nur angenehm, denn er führte Mama manchmal in das Theater, und ich konnte allein bleiben, an Dich denken, auf Dich lauern, was ja meine höchste, meine einzige Seligkeit war. Eines Tages nun rief mich die Mutter mit einer gewissen Umständlichkeit in ihr Zimmer; sie hätte ernst mit mir zu sprechen. Ich wurde blaß und hörte mein Herz plötzlich hämmern: sollte sie etwas geahnt, etwas erraten haben? Mein erster Gedanke warst Du, das Geheimnis, das mich mit der Welt verband. Aber die Mutter war selbst verlegen, sie küßte mich (was sie sonst nie tat) zärtlich ein- und zweimal, sie zog mich auf das Sofa zu sich und begann dann zögernd und verschämt zu erzählen, ihr Verwandter, der Witwer sei, habe ihr einen Heiratsantrag gemacht, und sie sei, hauptsächlich um meinetwillen, entschlossen, ihn anzunehmen. Heißer stieg mir das Blut zum Herzen: nur ein Gedanke antwortete von innen, der Gedanke an Dich. »Aber wir bleiben doch hier?« konnte ich gerade noch stammeln. »Nein, wir ziehen nach Innsbruck, dort hat Ferdinand eine schöne Villa.« Mehr hörte ich nicht. Mir ward schwarz vor den Augen. Später wußte ich, daß ich in Ohnmacht gefallen war; ich sei, hörte ich die Mutter dem Stiefvater leise erzählen, der hinter der Tür gewartet hatte, plötzlich mit aufgespreizten Händen zurückgefahren und dann hingestürzt wie ein Klumpen Blei. Was dann in den nächsten Tagen geschah, wie ich mich, ein machtloses Kind, wehrte gegen ihren übermächtigen Willen, das kann ich Dir nicht schildern: noch jetzt zittert mir, da ich daran denke, die Hand im Schreiben. Mein wirkliches Geheimnis konnte ich nicht verraten, so schien meine Gegenwehr bloß Starrsinn, Bosheit und Trotz. Niemand sprach mehr mit mir, alles geschah hinterrücks. Man nutzte die Stunden, da ich in der Schule war, um die Übersiedlung zu fördern: kam ich dann nach Hause, so war immer wieder ein anderes Stück verräumt oder verkauft. Ich sah, wie die Wohnung und damit mein Leben verfiel, und einmal, als ich zum Mittagessen kam, waren die Möbelpacker dagewesen und hatten alles weggeschleppt. In den leeren Zimmern standen die gepackten Koffer und zwei Feldbetten für die Mutter und mich: da sollten wir noch eine Nacht schlafen, die letzte, und morgen nach Innsbruck reisen.

An diesem letzten Tag fühlte ich mit plötzlicher Entschlossenheit, daß ich nicht mehr leben konnte ohne Deine Nähe. Ich wußte keine andere Rettung als Dich. Wie ich mirs dachte und ob ich überhaupt klar in diesen Stunden der Verzweiflung zu denken vermochte, das werde ich nie sagen können, aber plötzlich – die Mutter war fort – stand ich auf im Schulkleid, wie ich war, und ging hinüber zu Dir. Nein, ich ging nicht: es stieß mich mit steifen Beinen, mit zitternden Gelenken magnetisch fort zu Deiner Tür. Ich sagte Dir schon, ich wußte nicht deutlich, was ich wollte: Dir zu Füßen fallen und Dich bitten, mich zu behalten als Magd, als Sklavin, und ich fürchte, Du wirst lächeln über diesen unschuldigen Fanatismus einer Fünfzehnjährigen, aber – Geliebter, Du würdest nicht mehr lächeln, wüßtest Du, wie ich damals draußen im eiskalten Gange stand, starr vor Angst und doch vorwärts gestoßen von einer unfaßbaren Macht, und wie ich den Arm, den zitternden, mir gewissermaßen vom Leib losriß, daß er sich hob und – es war ein Kampf durch die Ewigkeit entsetzlicher Sekunden – den Finger auf den Knopf der Türklingel drückte. Noch heute gellts mir im Ohr, dies schrille Klingelzeichen, und dann die Stille danach, wo mir das Herz stillstand, wo mein ganzes Blut anhielt und nur lauschte, ob Du kämest.

Aber du kamst nicht. Niemand kam. Du warst offenbar fort an jenem Nachmittage und Johann auf Besorgung; so tappte ich, den toten Ton der Klingel im dröhnenden Ohr, in unsere zerstörte, ausgeräumte Wohnung zurück und warf mich erschöpft auf einen Plaid, müde von den vier Schritten, als ob ich stundenlang durch tiefen Schnee gegangen sei. Aber unter dieser Erschöpfung glühte noch unverlöscht die Entschlossenheit, Dich zu sehen, Dich zu sprechen, ehe sie mich wegrissen. Es war, ich schwöre es Dir, kein sinnlicher Gedanke dabei, ich war noch unwissend, eben weil ich an nichts dachte als an Dich: nur sehen wollte ich Dich, einmal noch sehen, mich anklammern an Dich. Die ganze Nacht, die ganze lange, entsetzliche Nacht habe ich dann, Geliebter, auf Dich gewartet. Kaum daß die Mutter sich in ihr Bett gelegt hatte und eingeschlafen war, schlich ich in das Vorzimmer hinaus, um zu horchen, wann Du nach Hause kämest. Die ganze Nacht habe ich gewartet, und es war eine eisige Januarnacht. Ich war müde, meine Glieder schmerzten mich, und es war kein Sessel mehr, mich hinzusetzen: so legte ich mich flach auf den kalten Boden, über den der Zug von der Tür hinstrich. Nur in meinem dünnen Kleide lag ich auf dem schmerzenden kalten Boden, denn ich nahm keine Decke; ich wollte es nicht warm haben, aus Furcht, einzuschlafen und Deinen Schritt zu überhören. Es tat weh, meine Füße preßte ich im Krampfe zusammen, meine Arme zitterten: ich mußte immer wieder aufstehen, so kalt war es im entsetzlichen Dunkel. Aber ich wartete, wartete, wartete auf Dich wie auf mein Schicksal.

Endlich – es muß schon zwei oder drei Uhr morgens gewesen sein – hörte ich unten das Haustor aufsperren und dann Schritte die Treppe hinauf. Wie abgesprungen war die Kälte von mir, heiß überflogs mich, leise machte ich die Tür auf, um Dir entgegenzustürzen, Dir zu Füßen zu fallen ... Ach, ich weiß ja nicht, was ein törichtes Kind damals getan hätte. Die Schritte kamen näher, Kerzenlicht flackte herauf. Zitternd hielt ich die Klinke. Warst Du es, der da kam?

Ja, Du warst es, Geliebter – aber Du warst nicht allein. Ich hörte ein leises, kitzliches Lachen, irgendein streifendes seidenes Kleid und leise Deine Stimme – Du kamst mit einer Frau nach Hause ...

Wie ich diese Nacht überleben konnte, weiß ich nicht. Am nächsten Morgen, um acht Uhr, schleppten sie mich nach Innsbruck; ich hatte keine Kraft mehr, mich zu wehren.

Mein Kind ist gestern nacht gestorben – nun werde ich wieder allein sein, wenn ich wirklich weiterleben muß. Morgen werden sie kommen, fremde, schwarze, ungeschlachte Männer, und einen Sarg bringen, werden es hineinlegen, mein armes, mein einziges Kind. Vielleicht kommen auch Freunde und bringen Kränze, aber was sind Blumen auf einem Sarg? Sie werden mich trösten und mir irgendwelche Worte sagen, Worte, Worte; aber was können sie mir helfen? Ich weiß, ich muß dann doch wieder allein sein. Und es gibt nichts Entsetzlicheres, als Alleinsein unter den Menschen. Damals habe ich es erfahren, damals in jenen unendlichen zwei Jahren in Innsbruck, jenen Jahren von meinem sechzehnten bis zu meinem achtzehnten, wo ich wie eine Gefangene, eine Verstoßene zwischen meiner Familie lebte. Der Stiefvater, ein sehr ruhiger, wortkarger Mann, war gut zu mir, meine Mutter schien, wie um ein unbewußtes Unrecht zu sühnen, allen meinen Wünschen bereit, junge Menschen bemühten sich um mich, aber ich stieß sie alle in einem leidenschaftlichen Trotz zurück. Ich wollte nicht glücklich, nicht zufrieden leben abseits von Dir, ich grub mich selbst in eine finstere Welt von Selbstqual und Einsamkeit. Die neuen, bunten Kleider, die sie mir kauften, zog ich nicht an, ich weigerte mich, in Konzerte, in Theater zu gehen oder Ausflüge in heiterer Gesellschaft mitzumachen. Kaum daß ich je die Gasse betrat: würdest Du es glauben, Geliebter, daß ich von dieser kleinen Stadt, in der ich zwei Jahre gelebt, keine zehn Straßen kenne? Ich trauerte und ich wollte trauern, ich berauschte mich an jeder Entbehrung, die ich mir zu der Deines Anblicks noch auferlegte. Und dann: ich wollte mich nicht ablenken lassen von meiner Leidenschaft, nur in Dir zu leben. Ich saß allein zu Hause, stundenlang, tagelang, und tat nichts, als an Dich zu denken, immer wieder, immer wieder die hundert kleinen Erinnerungen an Dich, jede Begegnung, jedes Warten, mir zu erneuern, mir diese kleinen Episoden vorzuspielen wie im Theater. Und darum, weil ich jede der Sekunden von einst mir unzählige Male wiederholte, ist auch meine ganze Kindheit mir in so brennender Erinnerung geblieben, daß ich jede Minute jener vergangenen Jahre so heiß und springend fühle, als wäre sie gestern durch mein Blut gefahren.

Nur in Dir habe ich damals gelebt. Ich kaufte mir alle Deine Bücher; wenn Dein Name in der Zeitung stand, war es ein festlicher Tag. Willst Du es glauben, daß ich jede Zeile aus Deinen Büchern auswendig kann, so oft habe ich sie gelesen? Würde mich einer nachts aus dem Schlaf aufwecken und eine losgerissene Zeile aus ihnen mir vorsprechen, ich könnte sie heute noch, heute noch nach dreizehn Jahren, weitersprechen wie im Traum: so war jedes Wort von Dir mir Evangelium und Gebet. Die ganze Welt, sie existierte nur in Beziehung auf Dich: ich las in den Wiener Zeitungen die Konzerte, die Premieren nach, nur mit dem Gedanken, welche Dich davon interessieren möchten, und wenn es Abend wurde, begleitete ich Dich von ferne: jetzt tritt er in den Saal, jetzt setzt er sich nieder. Tausendmal träumte ich das, weil ich Dich ein einziges Mal in einem Konzert gesehen.

Aber wozu all dies erzählen, diesen rasenden, gegen sich selbst wütenden, diesen so tragischen hoffnungslosen Fanatismus eines verlassenen Kindes, wozu es einem erzählen, der es nie geahnt, der es nie gewußt? Doch war ich damals wirklich noch ein Kind? Ich wurde siebzehn, wurde achtzehn Jahre – die jungen Leute begannen sich auf der Straße nach mir umzublicken, doch sie erbitterten mich nur. Denn Liebe oder auch nur ein Spiel mit Liebe im Gedanken an jemanden andern als an Dich, das war mir so unerfindlich, so unausdenklich fremd, ja die Versuchung schon wäre mir als ein Verbrechen erschienen. Meine Leidenschaft zu Dir blieb dieselbe, nur daß sie anders ward mit meinem Körper, mit meinen wacheren Sinnen, glühender, körperlicher, frauenhafter. Und was das Kind in seinem dumpfen unbelehrten Willen, das Kind, das damals die Klingel Deiner Türe zog, nicht ahnen konnte, das war jetzt mein einziger Gedanke: mich Dir zu schenken, mich Dir hinzugeben.

Die Menschen um mich vermeinten mich scheu, nannten mich schüchtern (ich hatte mein Geheimnis verbissen hinter den Zähnen). Aber in mir wuchs ein eiserner Wille. Mein ganzes Denken und Trachten war in eine Richtung gespannt: zurück nach Wien, zurück zu Dir. Und ich erzwang meinen Willen, so unsinnig, so unbegreiflich er den andern scheinen mochte. Mein Stiefvater war vermögend, er betrachtete mich als sein eigenes Kind. Aber ich drang in erbittertem Starrsinn darauf, ich wolle mir mein Geld selbst verdienen, und erreichte es endlich, daß ich in Wien zu einem Verwandten als Angestellte eines großen Konfektionsgeschäftes kam.

Muß ich Dir sagen, wohin mein erster Weg ging, als

ich an einem nebligen Herbstabend – endlich! endlich! – in Wien ankam? Ich ließ die Koffer an der Bahn, stürzte mich in eine Straßenbahn – wie langsam schien sie mir zu fahren, jede Haltestelle erbitterte mich – und lief vor das Haus. Deine Fenster waren erleuchtet, mein ganzes Herz klang. Nun erst lebte die Stadt, die mich so fremd, so sinnlos umbraust hatte, nun erst lebte ich wieder, da ich Dich nahe ahnte, Dich, meinen ewigen Traum. Ich ahnte ja nicht, daß ich in Wirklichkeit Deinem Bewußtsein ebenso ferne war hinter Tälern, Bergen und Flüssen als nun, da nur die dünne leuchtende Glasscheibe Deines Fensters zwischen Dir war und meinem aufstrahlenden Blick. Ich sah nur empor und empor: da war Licht, da war das Haus, da warst Du, da war meine Welt. Zwei Jahre hatte ich von dieser Stunde geträumt, nun war sie mir geschenkt. Ich stand den langen, weichen, verhangenen Abend vor Deinen Fenstern, bis das Licht erlosch. Dann suchte ich erst mein Heim.

Jeden Abend stand ich dann so vor Deinem Haus. Bis sechs Uhr hatte ich Dienst im Geschäft, harten, anstrengenden Dienst, aber er war mir lieb, denn diese Unruhe ließ mich die eigene nicht so schmerzhaft fühlen. Und geradewegs, sobald die eisernen Rollbalken hinter mir niederdröhnten, lief ich zu dem geliebten Ziel. Nur Dich einmal sehen, nur einmal Dir begegnen, das war mein einziger Wille, nur wieder einmal mit dem Blick Dein Gesicht umfassen dürfen von ferne. Etwa nach einer Woche geschahs dann endlich, daß ich Dir begegnete, und zwar gerade in einem Augenblick, wo ichs nicht vermutete: während ich eben hinauf zu Deinen Fenstern spähte, kamst Du quer über die Straße. Und plötzlich war ich wieder das Kind, das dreizehnjährige, ich fühlte, wie das Blut mir in die Wangen schoß; unwillkürlich, wider meinen innersten Drang, der sich sehnte, Deine Augen zu fühlen, senkte ich den Kopf und lief blitzschnell wie gehetzt an Dir vorbei. Nachher schämte ich mich dieser schulmädelhaften scheuen Flucht, denn jetzt war mein Wille mir doch klar: ich wollte Dir ja begegnen, ich suchte Dich, ich wollte von Dir erkannt sein nach all den sehnsüchtig verdämmerten Jahren, wollte von Dir beachtet, wollte von Dir geliebt sein.

Aber Du bemerktest mich lange nicht, obzwar ich jeden Abend, auch bei Schneegestöber und in dem scharfen, schneidenden Wiener Wind in Deiner Gasse stand. Oft wartete ich stundenlang vergebens, oft gingst Du dann endlich vom Hause in Begleitung von Bekannten fort, zweimal sah ich Dich auch mit Frauen, und nun empfand ich mein Erwachsensein, empfand das Neue, Andere meines Gefühls zu Dir an dem plötzlichen Herzzucken, das mir quer die Seele zerriß, als ich eine fremde Frau so sicher Arm in Arm mit Dir hingehen sah. Ich war nicht überrascht, ich kannte ja diese Deine ewigen Besucherinnen aus meinen Kindertagen schon, aber jetzt tat es mir mit einmal irgendwie körperlich weh, etwas spannte sich in mir, gleichzeitig feindlich und mitverlangend gegen diese offensichtliche, diese fleischliche Vertrautheit mit einer andern. Einen Tag blieb ich, kindlich stolz wie ich war und vielleicht jetzt noch geblieben bin, von Deinem Hause weg: aber wie entsetzlich war dieser leere Abend des Trotzes und der Auflehnung. Am nächsten Abend stand ich schon wieder demütig vor Deinem Hause wartend, wartend, wie ich mein ganzes Schicksal lang vor Deinem verschlossenen Leben gestanden bin.

Und endlich, an einem Abend bemerktest Du mich. Ich hatte Dich schon von ferne kommen sehen und straffte meinen Willen zusammen, Dir nicht auszuweichen. Der Zufall wollte, daß durch einen abzuladenden Wagen die Straße verengert war und Du ganz an mir vorbei mußtest. Unwillkürlich streifte mich Dein zerstreuter Blick, um sofort, kaum daß er der Aufmerksamkeit des meinen begegnete – wie erschrak die Erinnerung in mir! –, jener Dein Frauenblick, jener zärtliche, hüllende und gleichzeitig enthüllende, jener umfangende und schon fassende Blick zu werden, der mich, das Kind, zum erstenmal zur Frau, zur Liebenden erweckt. Ein, zwei Sekunden lang hielt dieser Blick so den meinen, der sich nicht wegreißen konnte und wollte – dann warst Du an mir vorbei. Mir schlug das Herz: unwillkürlich mußte ich meinen Schritt verlangsamen, und wie ich aus einer nicht zu bezwingenden Neugier mich umwandte, sah ich, daß Du stehengeblieben warst und mir nachsahst. Und an der Art, wie Du neugierig interessiert mich beobachtetest, wußte ich sofort: Du erkanntest mich nicht.

Du erkanntest mich nicht, damals nicht, nie, nie hast Du mich erkannt. Wie soll ich Dir, Geliebter, die Enttäuschung jener Sekunde schildern – damals war es ja das erstemal, daß ichs erlitt, dies Schicksal, von

Dir nicht erkannt zu sein, das ich ein Leben durchlebt habe, und mit dem ich sterbe; unerkannt, immer noch unerkannt von Dir. Wie soll ich sie Dir schildern, diese Enttäuschung! Denn sieh, in diesen zwei Jahren in Innsbruck, wo ich jede Stunde an Dich dachte und nichts tat, als mir unsere erste Wiederbegegnung in Wien auszudenken, da hatte ich die wildesten Möglichkeiten neben den seligsten, je nach dem Zustand meiner Laune, ausgeträumt. Alles war, wenn ich so sagen darf, durchgeträumt; ich hatte mir in finstern Momenten vorgestellt, Du würdest mich zurückstoßen, würdest mich verachten, weil ich zu gering, zu häßlich, zu aufdringlich sei. Alle Formen Deiner Mißgunst, Deiner Kälte, Deiner Gleichgültigkeit, sie alle hatte ich durchgewandelt in leidenschaftlichen Visionen – aber dies, dies eine hatte ich in keiner finstern Regung des Gemüts, nicht im äußersten Bewußtsein meiner Minderwertigkeit in Betracht zu ziehen gewagt, dies Entsetzlichste: daß Du überhaupt von meiner Existenz nichts bemerkt hattest. Heute verstehe ich es ja – ach, Du hast michs verstehen gelehrt! –, daß das Gesicht eines Mädchens, einer Frau etwas ungemein Wandelhaftes sein muß für einen Mann, weil es meist nur Spiegel ist, bald einer Leidenschaft, bald einer Kindlichkeit, bald eines Müdeseins, und so leicht verfließt wie ein Bildnis im Spiegel, daß also ein Mann leichter das Antlitz einer Frau verlieren kann, weil das Alter darin durchwandelt mit Schatten und Licht, weil die Kleidung es von einemmal zum andern anders rahmt. Die Resignierten, sie sind ja erst die wahren Wissenden. Aber ich, das Mädchen von damals, ich konnte Deine Vergeßlichkeit noch nicht fassen, denn irgendwie war aus meiner maßlosen, unaufhörlichen Beschäftigung mit Dir der Wahn in mich gefahren, auch Du müßtest meiner oft gedenken und auf mich warten; wie hätte ich auch nur atmen können mit der Gewißheit, ich sei Dir nichts, nie rühre ein Erinnern an mich Dich leise an! Und dies Erwachen vor Deinem Blick, der mir zeigte, daß nichts in Dir mich mehr kannte, kein Spinnfaden Erinnerung von Deinem Leben hinreiche zu meinem, das war ein erster Sturz hinab in die Wirklichkeit, eine erste Ahnung meines Schicksals.

Du erkanntest mich nicht damals. Und als zwei Tage später Dein Blick mit einer gewissen Vertrautheit bei erneuter Begegnung mich umfing, da erkanntest Du mich wiederum nicht als die, die Dich geliebt und die Du erweckt, sondern bloß als das hübsche achtzehnjährige Mädchen, das Dir vor zwei Tagen an der gleichen Stelle entgegengetreten. Du sahst mich freundlich überrascht an, ein leichtes Lächeln umspielte Deinen Mund. Wieder gingst Du an mir vorbei und wieder den Schritt sofort verlangsamend: ich zitterte, ich jauchzte, ich betete, Du würdest mich ansprechen. Ich fühlte, daß ich zum erstenmal für Dich lebendig war: auch ich verlangsamte den Schritt, ich wich Dir nicht aus. Und plötzlich spürte ich Dich hinter mir, ohne mich umzuwenden, ich wußte, nun würde ich zum erstenmal Deine geliebte Stimme an mich gerichtet hören. Wie eine Lähmung war die Erwartung in mir, schon fürchtete ich stehenbleiben zu müssen, so hämmerte mir das Herz – da tratest Du

an meine Seite. Du sprachst mich an mit Deiner leichten heitern Art, als wären wir lange befreundet – ach, Du ahntest mich ja nicht, nie hast Du etwas von meinem Leben geahnt! – so zauberhaft unbefangen sprachst Du mich an, daß ich Dir sogar zu antworten vermochte. Wir gingen zusammen die ganze Gasse entlang. Dann fragtest Du mich, ob wir gemeinsam speisen wollten. Ich sagte ja. Was hätte ich Dir gewagt zu verneinen?
Wir speisten zusammen in einem kleinen Restaurant – weißt Du noch, wo es war? Ach nein, Du unterscheidest es gewiß nicht mehr von andern solchen Abenden, denn wer war ich Dir? Eine unter Hunderten, ein Abenteuer in einer ewig fortgeknüpften Kette. Was sollte Dich auch an mich erinnern: ich sprach ja wenig, weil es mir so unendlich beglückend war, Dich nahe zu haben, Dich zu mir sprechen zu hören. Keinen Augenblick davon wollte ich durch eine Frage, durch ein törichtes Wort vergeuden. Nie werde ich Dir von dieser Stunde dankbar vergessen, wie voll Du meine leidenschaftliche Ehrfurcht erfülltest, wie zart, wie leicht, wie taktvoll Du warst, ganz ohne Zudringlichkeit, ganz ohne jene eiligen karessanten Zärtlichkeiten, und vom ersten Augenblick von einer so sicheren freundschaftlichen Vertrautheit, daß Du mich auch gewonnen hättest, wäre ich nicht schon längst mit meinem ganzen Willen und Wesen Dein gewesen. Ach, Du weißt ja nicht, ein wie Ungeheures Du erfülltest, indem Du mir fünf Jahre kindischer Erwartung nicht enttäuschtest!
Es wurde spät, wir brachen auf. An der Tür des

Restaurants fragtest Du mich, ob ich eilig wäre oder noch Zeit hätte. Wie hätte ichs verschweigen können, daß ich Dir bereit sei! Ich sagte, ich hätte noch Zeit. Dann fragtest Du, ein leises Zögern rasch überspringend, ob ich nicht noch ein wenig zu Dir kommen wollte, um zu plaudern. »Gerne«, sagte ich ganz aus der Selbstverständlichkeit meines Fühlens heraus und merkte sofort, daß Du von der Raschheit meiner Zusage irgendwie peinlich oder freudig berührt warst, jedenfalls aber sichtlich überrascht. Heute verstehe ich ja dies Dein Erstaunen; ich weiß, es ist bei Frauen üblich, auch wenn das Verlangen nach Hingabe in einer brennend ist, diese Bereitschaft zu verleugnen, ein Erschrecken vorzutäuschen oder eine Entrüstung, die durch eindringliche Bitte, durch Lügen, Schwüre und Versprechen erst beschwichtigt sein will. Ich weiß, daß vielleicht nur die Professionellen der Liebe, die Dirnen, eine solche Einladung mit einer so vollen freudigen Zustimmung beantworten, oder ganz naive, ganz halbwüchsige Kinder. In mir aber war es – und wie konntest Du das ahnen – nur der wortgewordene Wille, die geballt vorbrechende Sehnsucht von tausend einzelnen Tagen. Jedenfalls aber: Du warst frappiert, ich begann Dich zu interessieren. Ich spürte, daß Du, während wir gingen, von der Seite her während des Gespräches mich irgendwie erstaunt mustertest. Dein Gefühl, Dein in allem Menschlichen so magisch sicheres Gefühl witterte hier sogleich ein Ungewöhnliches, ein Geheimnis in diesem hübschen zutunlichen Mädchen. Der Neugierige in Dir war wach, und ich merkte, aus der umkrei-

senden, spürenden Art der Fragen, wie Du nach dem Geheimnis tasten wolltest. Aber ich wich Dir aus: ich wollte lieber töricht erscheinen als Dir mein Geheimnis verraten.
Wir gingen zu Dir hinauf. Verzeih, Geliebter, wenn ich Dir sage, daß Du es nicht verstehen kannst, was dieser Gang, diese Treppe für mich waren, welcher Taumel, welche Verwirrung, welch ein rasendes, quälendes, fast tödliches Glück. Jetzt noch kann ich kaum ohne Tränen daran denken, und ich habe keine mehr. Aber fühl es nur aus, daß jeder Gegenstand dort gleichsam durchdrungen war von meiner Leidenschaft, jeder ein Symbol meiner Kindheit, meiner Sehnsucht: das Tor, vor dem ich tausende Male auf Dich gewartet, die Treppe, von der ich immer Deinen Schritt erhorcht und wo ich Dich zum erstenmal gesehen, das Guckloch, aus dem ich mir die Seele gespäht, der Türvorleger vor Deiner Tür, auf dem ich einmal gekniet, das Knacken des Schlüssels, bei dem ich immer aufgesprungen von meiner Lauer. Die ganze Kindheit, meine ganze Leidenschaft, da nistete sie ja in diesen paar Metern Raum, hier war mein ganzes Leben, und jetzt fiel es nieder auf mich wie ein Sturm, da alles, alles sich erfüllte und ich mit Dir ging, ich mit Dir, in Deinem, in unserem Hause. Bedenke – es klingt ja banal, aber ich weiß es nicht anders zu sagen –, daß bis zu Deiner Tür alles Wirklichkeit, dumpfe tägliche Welt ein Leben lang gewesen war, und dort das Zauberreich des Kindes begann, Aladins Reich, bedenke, daß ich tausendmal mit brennenden Augen auf diese Tür gestarrt, die ich jetzt taumelnd

durchschritt, und Du wirst ahnen – aber nur ahnen, niemals ganz wissen, mein Geliebter! –, was diese stürzende Minute von meinem Leben wegtrug.

Ich blieb damals die ganze Nacht bei Dir. Du hast es nicht geahnt, daß vordem noch nie ein Mann mich berührt, noch keiner meinen Körper gefühlt oder gesehen. Aber wie konntest Du es auch ahnen, Geliebter, denn ich bot Dir ja keinen Widerstand, ich unterdrückte jedes Zögern der Scham, nur damit Du nicht das Geheimnis meiner Liebe zu Dir erraten könntest, das Dich gewiß erschreckt hätte – denn Du liebst ja nur das Leichte, das Spielende, das Gewichtlose, Du hast Angst, in ein Schicksal einzugreifen. Verschwenden willst Du Dich, Du, an alle, an die Welt, und willst kein Opfer. Wenn ich Dir jetzt sage, Geliebter, daß ich mich jungfräulich Dir gab, so flehe ich Dich an: mißversteh mich nicht! Ich klage Dich ja nicht an, Du hast mich nicht gelockt, nicht belogen, nicht verführt – ich, ich selbst drängte zu Dir, warf mich an Deine Brust, warf mich in mein Schicksal. Nie, nie werde ich Dich anklagen, nein, nur immer Dir danken, denn wie reich, wie funkelnd von Lust, wie schwebend von Seligkeit war für mich diese Nacht. Wenn ich die Augen auftat im Dunkeln und Dich fühlte an meiner Seite, wunderte ich mich, daß nicht die Sterne über mir waren, so sehr fühlte ich Himmel – nein, ich habe niemals bereut, mein Geliebter, niemals um dieser Stunde willen. Ich weiß noch: als Du schliefst, als ich Deinen Atem hörte, Deinen Körper fühlte und mich selbst Dir so nah, da habe ich im Dunkeln geweint vor Glück.

Am Morgen drängte ich frühzeitig schon fort. Ich mußte in das Geschäft und wollte auch gehen, ehe der Diener käme: er sollte mich nicht sehen. Als ich angezogen vor Dir stand, nahmst Du mich in den Arm, sahst mich lange an; war es ein Erinnern, dunkel und fern, das in Dir wogte, oder schien ich Dir nur schön, beglückt, wie ich war? Dann küßtest du mich auf den Mund. Ich machte mich leise los und wollte gehen. Da fragtest Du: »Willst Du nicht ein paar Blumen mitnehmen?« Ich sagte ja. Du nahmst vier weiße Rosen aus der blauen Kristallvase am Schreibtisch (ach, ich kannte sie von jenem einzigen diebischen Kindheitsblick) und gabst sie mir. Tagelang habe ich sie noch geküßt.
Wir hatten zuvor einen andern Abend verabredet. Ich kam, und wieder war es wunderbar. Noch eine dritte Nacht hast Du mir geschenkt. Dann sagtest Du, Du müßtest verreisen – oh, wie haßte ich diese Reisen von meiner Kindheit her! – und versprachst mir, mich sofort nach Deiner Rückkehr zu verständigen. Ich gab Dir eine Poste restante-Adresse – meinen Namen wollte ich Dir nicht sagen. Ich hütete mein Geheimnis. Wieder gabst Du mir ein paar Rosen zum Abschied – zum Abschied.
Jeden Tag während zweier Monate fragte ich … aber nein, wozu diese Höllenqual der Erwartung, der Verzweiflung Dir schildern. Ich klage Dich nicht an, ich liebe Dich als den, der Du bist, heiß und vergeßlich, hingebend und untreu, ich liebe Dich so, nur so, wie Du immer gewesen und wie Du jetzt noch bist. Du warst längst zurück, ich sah es an Deinen erleuchteten

Fenstern, und hast mir nicht geschrieben. Keine Zeile habe ich von Dir in meinen letzten Stunden, keine Zeile von Dir, dem ich mein Leben gegeben. Ich habe gewartet, ich habe gewartet wie eine Verzweifelte. Aber Du hast mich nicht gerufen, keine Zeile hast Du mir geschrieben ... keine Zeile ...

Mein Kind ist gestern gestorben – es war auch Dein Kind. Es war auch Dein Kind, Geliebter, das Kind einer jener drei Nächte, ich schwöre es Dir, und man lügt nicht im Schatten des Todes. Es war unser Kind, ich schwöre es Dir, denn kein Mann hat mich berührt von jenen Stunden, da ich mich Dir hingegeben, bis zu jenen andern, da es aus meinem Leib gerungen wurde. Ich war mir heilig durch Deine Berührung: wie hätte ich es vermocht, mich zu teilen an Dich, der mir alles gewesen, und an andere, die an meinem Leben nur leise anstreiften? Es war unser Kind, Geliebter, das Kind meiner wissenden Liebe und Deiner sorglosen, verschwenderischen, fast unbewußten Zärtlichkeit, unser Kind, unser Sohn, unser einziges Kind. Aber Du fragst nun – vielleicht erschreckt, vielleicht bloß erstaunt –, Du fragst nun, mein Geliebter, warum ich dies Kind Dir alle diese langen Jahre verschwiegen und erst heute von ihm spreche, da es hier im Dunkel schlafend, für immer schlafend liegt, schon bereit fortzugehen und nie mehr wiederzukehren, nie mehr! Doch wie hätte ich es Dir sagen können? Nie hättest Du mir, der Fremden, der allzu Bereitwilligen dreier Nächte, die sich ohne Widerstand, ja begehrend, Dir aufgetan, nie hättest Du ihr, der Namenlosen einer flüchtigen Begegnung, geglaubt, daß sie Dir die Treue hielt, Dir, dem Untreuen – nie ohne Mißtrauen dies Kind als das Deine erkannt! Nie hättest Du, selbst wenn mein Wort Dir Wahrscheinlichkeit geboten, den heimlichen Verdacht abtun können, ich versuchte, Dir, dem Begüterten, das Kind fremder Stunde unterzuschieben. Du hättest mich beargwohnt, ein Schatten wäre geblieben, ein fliegender, scheuer Schatten von Mißtrauen zwischen Dir und mir. Das wollte ich nicht. Und dann, ich kenne Dich; ich kenne Dich so gut, wie Du kaum selber Dich kennst, ich weiß, es wäre Dir, der Du das Sorglose, das Leichte, das Spielende liebst in der Liebe, peinlich gewesen, plötzlich Vater, plötzlich verantwortlich zu sein für ein Schicksal. Du hättest Dich, Du, der Du nur in Freiheit atmen kannst, Dich irgendwie verbunden gefühlt mit mir. Du hättest mich – ja, ich weiß es, daß Du es getan hättest, wider Deinen eigenen wachen Willen –, Du hättest mich gehaßt für dieses Verbundensein. Vielleicht nur stundenlang, vielleicht nur flüchtige Minuten lang wäre ich Dir lästig gewesen, wäre ich Dir verhaßt worden – ich aber wollte in meinem Stolze, Du solltest an mich ein Leben lang ohne Sorge denken. Lieber wollte ich alles auf mich nehmen als Dir eine Last werden, und einzig die sein unter allen Deinen Frauen, an die Du immer mit Liebe, mit Dankbarkeit denkst. Aber freilich, Du hast nie an mich gedacht, du hast mich vergessen.

Ich klage Dich nicht an, mein Geliebter, nein, ich klage Dich nicht an. Verzeih mirs, wenn mir manchmal ein Tropfen Bitternis in die Feder fließt, verzeih mirs – mein Kind, unser Kind liegt ja da tot unter den flackernden Kerzen; ich habe zu Gott die Fäuste geballt und ihn Mörder genannt, meine Sinne sind trüb und verwirrt. Verzeih mir die Klage, verzeihe sie mir! Ich weiß ja, daß Du gut bist und hilfreich im tiefsten Herzen, Du hilfst jedem, hilfst auch dem Fremdesten, der Dich bittet. Aber Deine Güte ist so sonderbar, sie ist eine, die offen liegt für jeden, daß er nehmen kann, soviel seine Hände fassen, sie ist groß, unendlich groß, Deine Güte, aber sie ist – verzeih mir – sie ist träge. Sie will gemahnt, will genommen sein. Du hilfst, wenn man Dich ruft, Dich bittet, hilfst aus Scham, aus Schwäche und nicht aus Freudigkeit. Du hast – laß es Dir offen sagen – den Menschen in Notdurft und Qual nicht lieber als den Bruder im Glück. Und Menschen, die so sind wie Du, selbst die Gütigsten unter ihnen, sie bittet man schwer. Einmal, ich war noch ein Kind, sah ich durch das Guckloch an der Tür, wie Du einem Bettler, der bei Dir geklingelt hatte, etwas gabst. Du gabst ihm rasch und sogar viel, noch ehe er Dich bat, aber Du reichtest es ihm mit einer gewissen Angst und Hast hin, er möchte nur bald wieder fortgehen, es war, als hättest Du Furcht, ihm ins Auge zu sehen. Diese Deine unruhige, scheue, vor der Dankbarkeit flüchtende Art des Helfens habe ich nie vergessen. Und deshalb habe ich mich nie an Dich gewandt. Gewiß, ich weiß, du hättest mir damals zur Seite gestanden auch ohne die Gewißheit, es sei Dein Kind, Du hättest mich getröstet, mir Geld gegeben, reichlich Geld, aber immer nur mit der geheimen Ungeduld, das Unbequeme von Dir wegzuschieben; ja, ich glaube, Du hättest mich sogar beredet, das Kind vorzeitig abzutun. Und dies fürchtete ich vor allem – denn was hätte ich nicht getan, so Du es begehrtest, wie hätte ich Dir etwas zu verweigern vermocht! Aber dieses Kind war alles für mich, war es doch von Dir, nochmals Du, aber nun nicht mehr Du, der Glückliche, der Sorglose, den ich nicht zu halten vermochte, sondern Du für immer – so meinte ich – mir gegeben, verhaftet in meinem Leibe, verbunden in meinem Leben. Nun hatte ich Dich ja endlich gefangen, ich konnte Dich, Dein Leben wachsen spüren in meinen Adern, Dich nähren, Dich tränken, Dich liebkosen, Dich küssen, wenn mir die Seele danach brannte. Siehst du, Geliebter, darum war ich so selig, als ich wußte, daß ich ein Kind von Dir hatte, darum verschwieg ich Dirs: denn nun konntest du mir nicht mehr entfliehen.

Freilich, Geliebter, es waren nicht nur so selige Monate, wie ich sie voraus fühlte in meinen Gedanken, es waren auch Monate voll Grauen und Qual, voll Ekel vor der Niedrigkeit der Menschen. Ich hatte es nicht leicht. In das Geschäft konnte ich während der letzten Monate nicht mehr gehen, damit es den Verwandten nicht auffällig werde und sie nicht nach Hause berichteten. Von der Mutter wollte ich kein Geld erbitten – so fristete ich mir mit dem Verkauf von dem bißchen Schmuck, den ich hatte, die Zeit bis zur Niederkunft. Eine Woche vorher wurden mir aus einem Schranke von einer Wäscherin die letzten paar Kronen gestohlen, so mußte ich in die Gebärklinik. Dort, wo nur die ganz Armen, die Ausgestoßenen und Vergessenen sich in ihrer Not hinschleppen, dort, mitten im Abhub des Elends, dort ist das Kind, Dein Kind geboren worden. Es war zum Sterben dort: fremd, fremd, fremd war alles, fremd wir einander, die wir da lagen, einsam und voll Haß eine auf die andere, nur vom Elend, von der gleichen Qual in diesen dumpfen, von Chloroform und Blut, von Schrei und Stöhnen vollgepreßten Saal gestoßen. Was die Armut an Erniedrigung, an seelischer und körperlicher Schande zu ertragen hat, ich habe es dort gelitten an dem Beisammensein mit Dirnen und mit Kranken, die aus der Gemeinsamkeit des Schicksals eine Gemeinheit machten, an der Zynik der jungen Ärzte, die mit einem ironischen Lächeln der Wehrlosen das Bettuch aufstreiften und sie mit falscher Wissenschaftlichkeit antasteten, an der Habsucht der Wärterinnen – oh, dort wird die Scham eines Menschen gekreuzigt mit Blicken und gegeißelt mit Worten. Die Tafel mit deinem Namen, das allein bist dort noch du, denn was im Bette liegt, ist bloß ein zuckendes Stück Fleisch, betastet von Neugierigen, ein Objekt der Schau und des Studierens – ah, sie wissen es nicht, die Frauen, die ihrem Mann, dem zärtlich wartenden, in seinem Hause Kinder schenken, was es heißt, allein, wehrlos, gleichsam am Versuchstisch, ein Kind zu gebären! Und lese ich noch heute in einem Buche das Wort Hölle, so denke ich plötzlich wider meinen bewußten Willen an jenen vollgepfropften, dünstenden, von Seufzer, Gelächter und blutigem Schrei erfüllten Saal, in dem ich gelitten habe, an dieses Schlachthaus der Scham.

Verzeih, verzeih mirs, daß ich davon spreche. Aber

nur dieses eine Mal rede ich davon, nie mehr, nie mehr wieder. Elf Jahre habe ich geschwiegen davon, und werde bald stumm sein in alle Ewigkeit: einmal mußte ichs ausschreien, einmal ausschreien, wie teuer ich es erkaufte, dies Kind, das meine Seligkeit war und das nun dort ohne Atem liegt. Ich hatte sie schon vergessen, diese Stunden, längst vergessen im Lächeln, in der Stimme des Kindes, in meiner Seligkeit; aber jetzt, da es tot ist, wird die Qual wieder lebendig, und ich mußte sie mir von der Seele schreien, dieses eine, dieses eine Mal. Aber nicht Dich klage ich an, nur Gott, nur Gott, der sie sinnlos machte, diese Qual. Nicht Dich klage ich an, ich schwöre es Dir, und nie habe ich mich im Zorn erhoben gegen Dich. Selbst in der Stunde, da mein Leib sich krümmte in den Wehen, da mein Körper vor Scham brannte unter den tastenden Blicken der Studenten, selbst in der Sekunde, da der Schmerz mir die Seele zerriß, habe ich Dich nicht angeklagt vor Gott; nie habe ich jene Nächte bereut, nie meine Liebe zu Dir gescholten, immer habe ich Dich geliebt, immer die Stunde gesegnet, da Du mir begegnet bist. Und müßte ich noch einmal durch die Hölle jener Stunden und wüßte vordem, was mich erwartet, ich täte es noch einmal, mein Geliebter, noch einmal und tausendmal!

Unser Kind ist gestern gestorben – Du hast es nie gekannt. Niemals, auch in der flüchtigen Begegnung des Zufalles, hat dies blühende, kleine Wesen, Dein Wesen, im Vorübergehen Deinen Blick gestreift. Ich hielt mich lange verborgen vor Dir, sobald ich dies

Kind hatte; meine Sehnsucht nach Dir war weniger schmerzhaft geworden, ja ich glaube, ich liebte Dich weniger leidenschaftlich, zumindest litt ich nicht so an meiner Liebe, seit es mir geschenkt war. Ich wollte mich nicht zerteilen zwischen Dir und ihm; so gab ich mich nicht an Dich, den Glücklichen, der an mir vorbeilebte, sondern an dies Kind, das mich brauchte, das ich nähren mußte, das ich küssen konnte und umfangen. Ich schien gerettet vor meiner Unruhe nach Dir, meinem Verhängnis, gerettet durch dies Dein anderes Du, das aber wahrhaft mein war – selten nur mehr, ganz selten drängte mein Gefühl sich demütig heran an Dein Haus. Nur eines tat ich: zu Deinem Geburtstag sandte ich Dir immer ein Bündel weiße Rosen, genau dieselben, wie Du sie mir damals geschenkt nach unserer ersten Liebesnacht. Hast Du je in diesen zehn, in diesen elf Jahren Dich gefragt, wer sie sandte? Hast Du Dich vielleicht an die erinnert, der Du einst solche Rosen geschenkt? Ich weiß es nicht und werde Deine Antwort nicht wissen. Nur aus dem Dunkel sie Dir hinzureichen, einmal im Jahre die Erinnerung aufblühen zu lassen an jene Stunde – das war mir genug.

Du hast es nie gekannt, unser armes Kind – heute klage ich mich an, daß ich es Dir verbarg, denn du hättest es geliebt. Nie hast Du ihn gekannt, den armen Knaben, nie ihn lächeln gesehen, wenn er leise die Lider aufhob und dann mit seinen dunklen klugen Augen – Deinen Augen! – ein helles, frohes Licht warf über mich, über die ganze Welt. Ach, er war so heiter, so lieb: die ganze Leichtigkeit Deines Wesens war in ihm kindlich wiederholt, Deine rasche, bewegte

Phantasie in ihm erneuert: stundenlang konnte er verliebt mit Dingen spielen, so wie Du mit dem Leben spielst, und dann wieder ernst mit hochgezogenen Brauen vor seinen Büchern sitzen. Er wurde immer mehr Du; schon begann sich auch in ihm jene Zwiefältigkeit von Ernst und Spiel, die Dir eigen ist, sichtbar zu entfalten, und je ähnlicher er Dir ward, desto mehr liebte ich ihn. Er hat gut gelernt, er plauderte Französisch wie eine kleine Elster, seine Hefte waren die saubersten der Klasse, und wie hübsch war er dabei, wie elegant in seinem schwarzen Samtkleid oder dem weißen Matrosenjäckchen. Immer war er der Eleganteste von allen, wohin er auch kam; in Grado am Strande, wenn ich mit ihm ging, blieben die Frauen stehen und streichelten sein langes blondes Haar, auf dem Semmering, wenn er im Schlitten fuhr, wandten sich bewundernd die Leute nach ihm um. Er war so hübsch, so zart, so zutunlich: als er im letzten Jahre ins Internat des Theresianums kam, trug er seine Uniform und den kleinen Degen wie ein Page aus dem achtzehnten Jahrhundert – nun hat er nichts als sein Hemdchen an, der Arme, der dort liegt mit blassen Lippen und eingefalteten Händen.

Aber Du fragst mich vielleicht, wie ich das Kind so im Luxus erziehen konnte, wie ich es vermochte, ihm dies helle, dies heitere Leben der obern Welt zu vergönnen. Liebster, ich spreche aus dem Dunkel zu Dir; ich habe keine Scham, ich will es Dir sagen, aber erschrick nicht, Geliebter – ich habe mich verkauft. Ich wurde nicht gerade das, was man ein Mädchen von der Straße nennt, eine Dirne, aber ich habe mich verkauft. Ich hatte reiche Freunde, reiche Geliebte: zuerst suchte ich sie, dann suchten sie mich, denn ich war – hast Du es je bemerkt? – sehr schön. Jeder, dem ich mich gab, gewann mich lieb, alle haben mir gedankt, alle an mir gehangen, alle mich geliebt – nur Du nicht, nur Du nicht, mein Geliebter!

Verachtest Du mich nun, weil ich Dir es verriet, daß ich mich verkauft habe? Nein, ich weiß, Du verachtest mich nicht, ich weiß, Du verstehst alles und wirst auch verstehen, daß ich es nur für Dich getan, für Dein anderes Ich, für Dein Kind. Ich hatte einmal in jener Stube der Gebärklinik an das Entsetzliche der Armut gerührt, ich wußte, daß in dieser Welt der Arme immer der Getretene, der Erniedrigte, das Opfer ist, und ich wollte nicht, um keinen Preis, daß Dein Kind, Dein helles, schönes Kind da tief unten aufwachsen sollte im Abhub, im Dumpfen, im Gemeinen der Gasse, in der verpesteten Luft eines Hinterhausraumes. Sein zarter Mund sollte nicht die Sprache des Rinnsteins kennen, sein weißer Leib nicht die dumpfige, verkrümmte Wäsche der Armut – Dein Kind sollte alles haben, allen Reichtum, alle Leichtigkeit der Erde, es sollte wieder aufsteigen zu Dir, in Deine Sphäre des Lebens.

Darum, nur darum, mein Geliebter, habe ich mich verkauft. Es war kein Opfer für mich, denn was man gemeinhin Ehre und Schande nennt, das war mir wesenlos: Du liebtest mich nicht, Du, der Einzige, dem mein Leib gehörte, so fühlte ich es als gleichgültig, was sonst mit meinem Körper geschah. Die Liebkosungen der Männer, selbst ihre innerste Leidenschaft, sie rührten mich im Tiefsten nicht an, obzwar ich manche von ihnen sehr achten mußte und mein Mitleid mit ihrer unerwiderten Liebe in Erinnerung eigenen Schicksals mich oft erschütterte. Alle waren sie gut zu mir, die ich kannte, alle haben sie mich verwöhnt, alle achteten sie mich. Da war vor allem einer, ein älterer, verwitweter Reichsgraf, derselbe, der sich die Füße wundstand an den Türen, um die Aufnahme des vaterlosen Kindes, Deines Kindes, im Theresianum durchzudrücken – der liebte mich wie eine Tochter. Dreimal, viermal machte er mir den Antrag, mich zu heiraten – ich könnte heute Gräfin sein, Herrin auf einem zauberischen Schloß in Tirol, könnte sorglos sein, denn das Kind hätte einen zärtlichen Vater gehabt, der es vergötterte, und ich einen stillen, vornehmen, gütigen Mann an meiner Seite – ich habe es nicht getan, so sehr, so oft er auch drängte, so sehr ich ihm wehe tat mit meiner Weigerung. Vielleicht war es eine Torheit, denn sonst lebte ich jetzt irgendwo still und geborgen, und dies Kind, das geliebte, mit mir, aber – warum soll ich Dir es nicht gestehen – ich wollte mich nicht binden, ich wollte Dir frei sein in jeder Stunde. Innen im Tiefsten, im Unbewußten meines Wesens lebte noch immer der alte Kindertraum, Du würdest vielleicht noch einmal mich zu Dir rufen, sei es nur für eine Stunde lang. Und für diese eine mögliche Stunde habe ich alles weggestoßen, nur um Dir frei zu sein für Deinen ersten Ruf. Was war mein ganzes Leben seit dem Erwachen aus der Kindheit denn anders als ein Warten, ein Warten auf Deinen Willen!

Und diese Stunde, sie ist wirklich gekommen. Aber Du weißt sie nicht, Du ahnst sie nicht, mein Geliebter! Auch in ihr hast Du mich nicht erkannt – nie, nie, nie hast du mich erkannt! Ich war Dir ja schon früher oft begegnet, in den Theatern, in den Konzerten, im Prater, auf der Straße – jedesmal zuckte mir das Herz, aber Du sahst an mir vorbei: ich war ja äußerlich eine ganz andere, aus dem scheuen Kinde war eine Frau geworden, schön, wie sie sagten, in kostbare Kleider gehüllt, umringt von Verehrern: wie konntest Du in mir jenes schüchterne Mädchen im dämmerigen Licht Deines Schlafraumes vermuten! Manchmal grüßte Dich einer der Herren, mit denen ich ging. Du danktest und sahst auf zu mir: aber Dein Blick war höfliche Fremdheit, anerkennend, aber nie erkennend, fremd, entsetzlich fremd. Einmal, ich erinnere mich noch, ward mir dieses Nichterkennen, an das ich fast schon gewohnt war, zu brennender Qual: ich saß in einer Loge der Oper mit einem Freunde und Du in der Nachbarloge. Die Lichter erloschen bei der Ouvertüre, ich konnte Dein Antlitz nicht mehr sehen, nur Deinen Atem fühlte ich so nah neben mir, wie damals in jener Nacht, und auf der samtenen Brüstung der Abteilung unserer Logen lag Deine Hand aufgestützt, Deine feine, zarte Hand. Und unendlich überkam mich das Verlangen, mich niederzubeugen und diese fremde, diese so geliebte Hand demütig zu küssen, deren zärtliche Umfassung ich einst gefühlt. Um mich wogte aufwühlend die Musik, immer leidenschaftlicher wurde das Verlangen, ich mußte mich ankrampfen, mich gewaltsam aufreißen, so gewaltsam zog es meine Lippen hin zu Deiner geliebten Hand. Nach dem ersten Akt bat ich meinen Freund, mit mir fortzugehen. Ich ertrug es nicht mehr, Dich so fremd und so nah neben mir zu haben im Dunkel.

Aber die Stunde kam, sie kam noch einmal, ein letztes Mal in mein verschüttetes Leben. Fast genau vor einem Jahr ist es gewesen, am Tage nach Deinem Geburtstage. Seltsam: ich hatte alle die Stunden an Dich gedacht, denn Deinen Geburstag, ihn feierte ich immer wie ein Fest. Ganz frühmorgens schon war ich ausgegangen und hatte die weißen Rosen gekauft, die ich Dir wie alljährlich senden ließ zur Erinnerung an eine Stunde, die Du vergessen hattest. Nachmittags fuhr ich mit dem Buben aus, führte ihn zu Demel in die Konditorei und abends ins Theater, ich wollte, auch er sollte diesen Tag, ohne seine Bedeutung zu wissen, irgendwie als einen mystischen Feiertag von Jugend her empfinden. Am nächsten Tage war ich dann mit meinem damaligen Freunde, einem jungen, reichen Brünner Fabrikanten, mit dem ich schon seit zwei Jahren zusammenlebte, der mich vergötterte, verwöhnte und mich ebenso heiraten wollte wie die andern und dem ich mich ebenso scheinbar grundlos verweigerte wie den andern, obwohl er mich und das Kind mit Geschenken überschüttete und selbst liebenswert war in seiner ein wenig dumpfen, knechtischen Güte. Wir gingen zusammen in ein Konzert, trafen dort heitere Gesellschaft, soupierten in einem Ringstraßenrestaurant, und dort, mitten im Lachen und Schwätzen, machte ich den Vorschlag, noch in

ein Tanzlokal, in den Tabarin, zu gehen. Mir waren diese Art Lokale mit ihrer systematischen und alkoholischen Heiterkeit wie jede »Drahrerei« sonst immer widerlich, und ich wehrte mich sonst immer gegen derlei Vorschläge, diesmal aber – es war wie eine unergründliche magische Macht in mir, die mich plötzlich unbewußt den Vorschlag mitten in die freudig zustimmende Erregung der andern werfen ließ – hatte ich plötzlich ein unerklärliches Verlangen, als ob dort irgend etwas Besonderes mich erwarte. Gewohnt, mir gefällig zu sein, standen alle rasch auf, wir gingen hinüber, tranken Champagner, und in mich kam mit einemmal eine ganz rasende, ja fast schmerzhafte Lustigkeit, wie ich sie nie gekannt. Ich trank und trank, sang die kitschigen Lieder mit und hatte fast den Zwang, zu tanzen oder zu jubeln. Aber plötzlich – mir war, als hätte etwas Kaltes oder etwas Glühendheißes sich mir jäh aufs Herz gelegt – riß es mich auf: am Nachbartisch saßest Du mit einigen Freunden und sahst mich an mit einem bewundernden und begehrenden Blick, mit jenem Blicke, der mir immer den ganzen Leib von innen aufwühlte. Zum erstenmal seit zehn Jahren sahst Du mich wieder an mit der ganzen unbewußt-leidenschaftlichen Macht Deines Wesens. Ich zitterte. Fast wäre mir das erhobene Glas aus den Händen gefallen. Glücklicherweise merkten die Tischgenossen nicht meine Verwirrung: sie verlor sich in dem Dröhnen von Gelächter und Musik.
Immer brennender wurde Dein Blick und tauchte mich ganz in Feuer. Ich wußte nicht: hattest Du mich endlich, endlich erkannt, oder begehrtest Du mich

neu, als eine andere, als eine Fremde? Das Blut flog mir in die Wangen, zerstreut antwortete ich den Tischgenossen: Du mußtest es merken, wie verwirrt ich war von Deinem Blick. Unmerklich für die übrigen machtest Du mit einer Bewegung des Kopfes ein Zeichen, ich möchte für einen Augenblick hinauskommen in den Vorraum. Dann zahltest Du ostentativ, nahmst Abschied von Deinen Kameraden und gingst hinaus, nicht ohne zuvor noch einmal angedeutet zu haben, daß Du draußen auf mich warten würdest. Ich zitterte wie im Frost, wie im Fieber, ich konnte nicht mehr Antwort geben, nicht mehr mein aufgejagtes Blut beherrschen. Zufälligerweise begann gerade in diesem Augenblick ein Negerpaar mit knatternden Absätzen und schrillen Schreien einen absonderlichen neuen Tanz: alles starrte ihnen zu, und diese Sekunde nützte ich. Ich stand auf, sagte meinem Freunde, daß ich gleich zurückkäme, und ging Dir nach.

Draußen im Vorraum vor der Garderobe standest Du, mich erwartend: Dein Blick ward hell, als ich kam. Lächelnd eiltest Du mir entgegen; ich sah sofort, Du erkanntest mich nicht, erkanntest nicht das Kind von einst und nicht das Mädchen, noch einmal griffest Du nach mir als einem Neuen, einem Unbekannten. »Haben Sie auch für mich einmal eine Stunde?« fragtest Du vertraulich – ich fühlte an der Sicherheit Deiner Art, Du nahmst mich für eine dieser Frauen, für die Käufliche eines Abends. »Ja«, sagte ich, dasselbe zitternde und doch selbstverständliche einwilligende Ja, das Dir das Mädchen vor mehr als einem Jahrzehnt auf der dämmernden Straße gesagt. »Und wann könnten wir uns sehen?« fragtest Du. »Wann immer Sie wollen«, antwortete ich – vor Dir hatte ich keine Scham. Du sahst mich ein wenig verwundert an, mit derselben mißtrauisch-neugierigen Verwunderung wie damals, als Dich gleichfalls die Raschheit meines Einverständnisses erstaunt hatte. »Könnten Sie jetzt?« fragtest Du, ein wenig zögernd. »Ja«, sagte ich, »gehen wir.«

Ich wollte zur Garderobe, meinen Mantel holen.

Da fiel mir ein, daß mein Freund den Garderobenzettel hatte für unsere gemeinsam abgegebenen Mäntel. Zurückzugehen und ihn verlangen, wäre ohne umständliche Begründung nicht möglich gewesen, anderseits die Stunde mit Dir preisgeben, die seit Jahren ersehnte, dies wollte ich nicht. So habe ich keine Sekunde gezögert: ich nahm nur den Schal über das Abendkleid und ging hinaus in die nebelfeuchte Nacht, ohne mich um den Mantel zu kümmern, ohne mich um den guten, zärtlichen Menschen zu kümmern, von dem ich seit Jahren lebte und den ich vor seinen Freunden zum lächerlichsten Narren erniedrigte, zu einem, dem seine Geliebte nach Jahren wegläuft auf den ersten Pfiff eines fremden Mannes. Oh, ich war mir ganz der Niedrigkeit, der Undankbarkeit, der Schändlichkeit, die ich gegen einen ehrlichen Freund beging, im Tiefsten bewußt, ich fühlte, daß ich lächerlich handelte und mit meinem Wahn einen gütigen Menschen für immer tödlich kränkte, fühlte, daß ich mein Leben mitten entzweiriß – aber was war mir Freundschaft, was meine Existenz gegen die Ungeduld, wieder einmal Deine Lippen zu fühlen, Dein Wort weich gegen mich gesprochen zu hören. So habe ich Dich geliebt, nun kann ich es Dir sagen, da alles vorbei ist und vergangen. Und ich glaube, riefest Du mich von meinem Sterbebette, so käme mir plötzlich die Kraft, aufzustehen und mit Dir zu gehen.

Ein Wagen stand vor dem Eingang, wir fuhren zu Dir. Ich hörte wieder Deine Stimme, ich fühlte Deine zärtliche Nähe und war genau so betäubt, so kindisch-selig verwirrt wie damals. Wie stieg ich, nach mehr als zehn Jahren, zum erstenmal wieder die Treppe empor – nein, nein, ich kann Dirs nicht schildern, wie ich alles immer doppelt fühlte in jenen Sekunden, vergangene Zeit und Gegenwart, und in allem und allem immer nur Dich. In Deinem Zimmer war weniges anders, ein paar Bilder mehr, und mehr Bücher, da und dort fremde Möbel, aber alles doch grüßte mich vertraut. Und am Schreibtisch stand die Vase mit den Rosen darin – mit meinen Rosen, die ich Dir tags vorher zu Deinem Geburtstag geschickt als Erinnerung an eine, an die Du Dich doch nicht erinnertest, die Du doch nicht erkanntest, selbst jetzt, da sie Dir nahe war, Hand in Hand und Lippe an Lippe. Aber doch: es tat mir wohl, daß Du die Blumen hegtest: so war doch ein Hauch meines Wesens, ein Atem meiner Liebe um Dich.

Du nahmst mich in Deine Arme. Wieder blieb ich bei Dir eine ganze herrliche Nacht. Aber auch im nackten Leibe erkanntest Du mich nicht. Selig erlitt ich Deine wissenden Zärtlichkeiten und sah, daß Deine Leidenschaft keinen Unterschied macht zwischen einer Geliebten und einer Käuflichen, daß Du Dich ganz gibst an Dein Begehren mit der unbedachten verschwenderischen Fülle Deines Wesens. Du warst so zärtlich und lind zu mir, der vom Nachtlokal Geholten, so vornehm und so herzlich-achtungsvoll und doch gleichzeitig so leidenschaftlich im Genießen der Frau; wieder fühlte ich, taumelig vom alten Glück, diese einzige Zweiheit Deines Wesens, die wissende, die geistige Leidenschaft in der sinnlichen, die schon das Kind Dir hörig gemacht. Nie habe ich bei einem Manne in der Zärtlichkeit solche Hingabe an den Augenblick gekannt, ein solches Ausbrechen und Entgegenleuchten des tiefsten Wesens – freilich um dann hinzulöschen in eine unendliche, fast unmenschliche Vergeßlichkeit. Aber auch ich vergaß mich selbst: wer war ich nun im Dunkel neben Dir? War ichs, das brennende Kind von einst, war ichs, die Mutter Deines Kindes, war ichs, die Fremde? Ach, es war so vertraut, so erlebt alles, und alles wieder so rauschend neu in dieser leidenschaftlichen Nacht. Und ich betete, sie möchte kein Ende nehmen.

Aber der Morgen kam, wir standen spät auf, Du ludest mich ein, noch mit Dir zu frühstücken. Wir tranken zusammen den Tee, den eine unsichtbar dienende Hand diskret in dem Speisezimmer bereitgestellt hatte, und plauderten. Wieder sprachst Du mit der ganzen offenen, herzlichen Vertraulichkeit Deines Wesens zu mir und wieder ohne alle indiskreten Fragen, ohne alle Neugier nach dem Wesen, das ich war. Du fragtest nicht nach meinem Namen, nicht nach meiner Wohnung: ich war Dir wiederum nur das

Abenteuer, das Namenlose, die heiße Stunde, die im Rauch des Vergessens spurlos sich löst. Du erzähltest, daß Du jetzt weit weg reisen wolltest, nach Nordafrika für zwei oder drei Monate: ich zitterte mitten in meinem Glück, denn schon hämmerte es mir in den Ohren: vorbei, vorbei und vergessen! Am liebsten wäre ich hin zu Deinen Knien gestürzt und hätte geschrien: »Nimm mich mit, damit Du mich endlich erkennst, endlich, endlich nach so vielen Jahren!« Aber ich war ja so scheu, so feige, so sklavisch, so schwach vor Dir. Ich konnte nur sagen: »Wie schade.« Du sahst mich lächelnd an: »Ist es Dir wirklich leid?«

Da faßte es mich wie eine plötzliche Wildheit. Ich stand auf, sah Dich an, lange und fest. Dann sagte ich: »Der Mann, den ich liebte, ist auch immer weggereist.« Ich sah Dich an, mitten in den Stern Deines Auges. »Jetzt, jetzt wird er mich erkennen!« zitterte, drängte alles in mir. Aber Du lächeltest mir entgegen und sagtest tröstend: »Man kommt ja wieder zurück.« »Ja«, antwortete ich, »man kommt zurück, aber dann hat man vergessen.«

Es muß etwas Absonderliches, etwas Leidenschaftliches in der Art gewesen sein, wie ich Dir das sagte. Denn auch Du standest auf und sahst mich an, verwundert und sehr liebevoll. Du nahmst mich bei den Schultern. »Was gut ist, vergißt sich nicht, Dich werde ich nicht vergessen«, sagtest Du, und dabei senkte sich Dein Blick ganz in mich hinein, als wollte er dies Bild sich festprägen. Und wie ich diesen Blick in mich eindringen fühlte, suchend, spürend, mein ganzes Wesen an sich saugend, da glaubte ich endlich, endlich den Bann der Blindheit gebrochen. Er wird mich erkennen, er wird mich erkennen! Meine ganze Seele zitterte in dem Gedanken.

Aber Du erkanntest mich nicht. Nein, Du erkanntest mich nicht, nie war ich Dir fremder jemals als in dieser Sekunde, denn sonst – sonst hättest Du nie tun können, was Du wenige Minuten später tatest. Du hast mich geküßt, noch einmal leidenschaftlich geküßt. Ich mußte mein Haar, das sich verwirrt hatte, wieder zurechtrichten, und während ich vor dem Spiegel stand, da sah ich durch den Spiegel – und ich glaubte hinsinken zu müssen vor Scham und Entsetzen – da sah ich, wie Du in diskreter Art ein paar größere Banknoten in meinen Muff schobst. Wie habe ichs vermocht, nicht aufzuschreien, Dir nicht ins Gesicht zu schlagen in dieser Sekunde – mich, die ich Dich liebte von Kindheit an, die Mutter Deines Kindes, mich zahltest Du für diese Nacht! Eine Dirne aus dem Tabarin war ich Dir, nicht mehr – bezahlt, bezahlt hast Du mich! Es war nicht genug, von Dir vergessen zu werden, ich mußte noch erniedrigt sein.

Ich tastete rasch nach meinen Sachen. Ich wollte fort, rasch fort. Es tat mir zu weh. Ich griff nach meinem Hut, er lag auf dem Schreibtisch neben der Vase mit den weißen Rosen, meinen Rosen. Da erfaßte es mich mächtig, unwiderstehlich: noch einmal wollte ich es versuchen, Dich zu erinnern. »Möchtest Du mir nicht von Deinen weißen Rosen eine geben?« »Gern«, sagtest Du und nahmst sie sofort. »Aber sie sind Dir vielleicht von einer Frau gegeben, von einer Frau, die Dich liebt?« sagte ich. »Vielleicht«, sagtest Du, »ich weiß es nicht. Sie sind mir gegeben, und ich weiß nicht von wem; darum liebe ich sie so.« Ich sah Dich an. »Vielleicht sind sie auch von einer, die Du vergessen hast!« Du blicktest erstaunt. Ich sah Dich fest an. »Erkenne mich, erkenne mich endlich!« schrie mein Blick. Aber Dein Auge lächelte freundlich und unwissend. Du küßtest mich noch einmal. Aber Du erkanntest mich nicht.

Ich ging rasch zur Tür, denn ich spürte, daß mir Tränen in die Augen schossen, und das solltest Du nicht sehen. Im Vorzimmer – so hastig war ich hinausgeeilt – stieß ich mit Johann, Deinem Diener, fast zusammen. Scheu und eilfertig sprang er zur Seite, riß die Haustür auf, um mich hinauszulassen, und da – in dieser einen, hörst Du? in dieser einen Sekunde, da ich ihn ansah, mit tränenden Augen ansah, den gealterten Mann, da zuckte ihm plötzlich ein Licht in den Blick. In dieser einen Sekunde, hörst Du? in dieser einen Sekunde, hat der alte Mann mich erkannt, der mich seit meiner Kindheit nicht gesehen. Ich hätte hinknien können vor ihm für dieses Erkennen und ihm die Hände küssen. So riß ich nur die Banknoten, mit denen Du mich gegeißelt, rasch aus dem Muff und steckte sie ihm zu. Er zitterte, sah erschreckt zu mir auf – in dieser Sekunde hat er vielleicht mehr geahnt von mir als Du in Deinem ganzen Leben. Alle, alle Menschen haben mich verwöhnt, alle waren zu mir gütig – nur Du, nur Du, Du hast mich vergessen, nur Du, nur Du hast mich nie erkannt!

Mein Kind ist gestorben, unser Kind – jetzt habe ich niemanden mehr in der Welt, ihn zu lieben, als Dich. Aber wer bist Du mir, Du, der Du mich niemals, niemals erkennst, der an mir vorübergeht wie an einem Wasser, der auf mich tritt wie auf einen Stein, der immer geht und weiter geht und mich läßt in ewigem Warten? Einmal vermeinte ich Dich zu halten, Dich, den Flüchtigen, in dem Kinde. Aber es war Dein Kind: über Nacht ist es grausam von mir gegangen, eine Reise zu tun, es hat mich vergessen und kehrt nie zurück. Ich bin wieder allein, mehr allein als jemals, nichts habe ich, nichts von Dir – kein Kind mehr, kein Wort, keine Zeile, kein Erinnern, und wenn jemand meinen Namen nennen würde vor Dir, Du hörtest an ihm fremd vorbei. Warum soll ich nicht gerne sterben, da ich Dir tot bin, warum nicht weitergehen, da Du von mir gegangen bist? Nein, Geliebter, ich klage nicht wider Dich, ich will Dir nicht meinen Jammer hinwerfen in Dein heiteres Haus. Fürchte nicht, daß ich Dich weiter bedränge – verzeih mir, ich mußte mir einmal die Seele ausschreien in dieser Stunde, da das Kind dort tot und verlassen liegt. Nur dies eine Mal mußte ich sprechen zu Dir – dann gehe ich wieder stumm in mein Dunkel zurück, wie ich immer stumm neben Dir gewesen. Aber du wirst diesen Schrei nicht hören, solange ich lebe – nur wenn ich tot bin, empfängst Du dies Vermächtnis von mir, von einer, die Dich mehr geliebt als alle und die Du nie erkannt, von einer, die immer auf Dich gewartet und die Du nie gerufen. Vielleicht, vielleicht wirst Du mich dann rufen, und ich werde Dir ungetreu sein zum erstenmal, ich werde Dich nicht mehr hören aus meinem Tod: kein Bild lasse ich Dir und kein Zeichen, wie Du mir nichts gelassen; nie wirst Du mich erkennen, niemals. Es war mein Schicksal im Leben, es sei es auch in meinem Tod. Ich will Dich nicht rufen in meiner letzten Stunde, ich gehe fort, ohne daß Du meinen Namen weißt und mein Antlitz. Ich sterbe leicht, denn Du fühlst es nicht von ferne. Täte es Dir weh, daß ich sterbe, so könnte ich nicht sterben.

Ich kann nicht mehr weiter schreiben ... mir ist so dumpf im Kopfe ... die Glieder tun mir weh, ich habe Fieber ... ich glaube, ich werde mich gleich hinlegen müssen. Vielleicht ist es bald vorbei, vielleicht ist mir einmal das Schicksal gütig, und ich muß es nicht mehr sehen, wenn sie das Kind wegtragen ... Ich kann nicht mehr schreiben. Leb wohl, Geliebter, leb wohl, ich danke Dir ... Es war gut, wie es war, trotz alledem ... ich will Dirs danken bis zum letzten Atemzug. Mir ist wohl: ich habe Dir alles gesagt, Du weißt nun, nein, Du ahnst nur, wie sehr ich Dich geliebt, und hast doch von dieser Liebe keine Last. Ich werde Dir nicht fehlen – das tröstet mich. Nichts wird anders sein in Deinem schönen, hellen Leben ... ich tue Dir nichts mit meinem Tod ... das tröstet mich, Du Geliebter.

Aber wer ... wer wird Dir jetzt immer die weißen Rosen senden zu Deinem Geburtstag? Ach, die Vase wird leer sein, der kleine Atem, der kleine Hauch von meinem Leben, der einmal im Jahre um Dich wehte, auch er wird verwehen! Geliebter, höre, ich bitte Dich ... es ist meine erste und letzte Bitte an Dich ... tu mirs zuliebe, nimm an jedem Geburtstag – es ist ja ein

Tag, wo man an sich denkt – nimm da Rosen und tu sie in die Vase. Tu's, Geliebter, tu es so, wie andere einmal im Jahre eine Messe lesen lassen für eine liebe Verstorbene. Ich aber glaube nicht an Gott mehr und will keine Messe, ich glaube nur an Dich, ich liebe nur Dich und will nur in Dir noch weiterleben ... ach, nur einen Tag im Jahr, ganz, ganz still nur, wie ich neben Dir gelebt ... Ich bitte Dich, tu es, Geliebter ... es ist meine erste Bitte an Dich und die letzte ... ich danke Dir ... ich liebe Dich, ich liebe Dich ... lebe wohl ...

Er legte den Brief aus den zitternden Händen. Dann sann er lange nach. Verworren tauchte irgendein Erinnern auf an ein nachbarliches Kind, an ein Mädchen, an eine Frau im Nachtlokal, aber ein Erinnern, undeutlich und verworren, so wie ein Stein flimmert und formlos zittert am Grunde fließenden Wassers. Schatten strömten zu und fort, aber es wurde kein Bild. Er fühlte Erinnerungen des Gefühls und erinnerte sich doch nicht. Ihm war, als ob er von all diesen Gestalten geträumt hätte, oft und tief geträumt, aber doch nur geträumt.

Da fiel sein Blick auf die blaue Vase vor ihm auf dem Schreibtisch. Sie war leer, zum erstenmal leer seit Jahren an seinem Geburtstag. Er schrak zusammen: ihm war, als sei plötzlich eine Tür unsichtbar aufgesprungen, und kalte Zugluft ströme aus anderer Welt in seinen ruhenden Raum. Er spürte einen Tod und spürte unsterbliche Liebe: innen brach etwas auf in seiner Seele, und er dachte an die Unsichtbare körperlos und leidenschaftlich wie an eine ferne Musik.

DIE HOCHZEIT VON LYON

Am zwölften November 1793 brachte Barrère im französischen Nationalkonvent gegen das abtrünnige und endlich erstürmte Lyon jenen tödlichen Antrag ein, der mit den lapidaren Worten endigte: »Lyon bekämpfte die Freiheit, Lyon ist nicht mehr.« Die Gebäude der volksaufrührerischen Stadt sollten, so forderte er, dem Erdboden gleichgemacht, seine Monumente in Asche verwandelt und selbst der Name ihr genommen werden. Acht Tage zögerte der Konvent, so völliger Vernichtung der zweitgrößten Stadt Frankreichs zuzustimmen, und selbst nach der Unterzeichnung führte der Volksbeauftragte Couthon, des geheimen Einverständnisses Robespierres gewiß, jenen herostratischen Befehl nur lässig aus. Um der Form zu genügen, versammelte er mit großem Pomp das Volk auf dem Platz von Bellecourt und klopfte mit silbernem Hammer symbolisch gegen die der Vernichtung bestimmten Häuser, aber nur zögernd brach dann der Spaten in die herrlichen Fassaden ein, und die Guillotine übte noch sparsam ihren dumpf dröhnenden Niederfall. Von dieser unerwarteten Milde beruhigt, begann die vom Bürgerkrieg und monatelanger Belagerung grausam erregte Stadt schon wieder ersten Atem der Hoffnung zu wagen, als plötzlich der human zögernde Tribun abberufen wurde und statt seiner Collot d'Herbois und Fouché in Ville Affranchie – denn so hieß von nun ab Lyon in den Dekreten der Republik – mit der Schärpe der Volksbeauftragten geschmückt erschienen. Nun wurde über Nacht, was bloß als pathetisch abschrekkendes Dekret vermeint war, grimmige Wirklichkeit. »Man hat hier bisher nichts getan«, meldete ungeduldig, die eigene patriotische Energie zu erweisen und den milderen Vorgänger zu verdächtigen, der erste Bericht der neuen Tribunen an den Konvent, und sofort setzten jene furchtbaren Exekutionen ein, an die sich Fouché, der »mitrailleur de Lyon«, als späterer Herzog von Otranto und Verteidiger aller legitimen Prinzipien nur ungern mehr erinnern ließ.

Statt des langsam aufmörtelnden Spatens sprengten jetzt Pulverminen reihenweise die herrlichsten Gebäude nieder, statt der »unzuverlässigen und unzulänglichen« Guillotine erledigten Massenfusilladen und Kartätschen Hunderte von Verurteilten mit einer Salve. Geschärft durch täglich neue und schneidende Dekrete mähte die Justiz weitausholend wie eine Sense Tag um Tag ihre riesige Menschengarbe; längst schon besorgte die rasch wegschwemmende Rhône das zu langsame Geschäft des Einsargens und Gräbergrabens, längst genügten die Gefängnisse nicht mehr für die Fülle der Verdächtigen. So wurden die Keller der öffentlichen Gebäude, Schulen und Klöster den Verurteilten zum Aufenthalt bestimmt, freilich zu flüchtigem bloß, denn die Sense hieb rasch zu, und selten wärmte das gleiche Stroh denselben Leib mehr als eine einzige Nacht.

Zu so tragisch verkürzter Gemeinsamkeit war an einem scharffrostigen Tage jenes blutigen Monats wieder ein Trupp Verurteilter in die Keller des Stadthauses getrieben worden. Mittags hatte man sie Mann für Mann vor die Kommissare geführt und in fliegendem Fragespiel ihr Schicksal erledigt; nun saßen die vierundsechzig Verurteilten, Frauen und Männer, wirr durcheinander in dem niedergewölbten, nach Weinfässern und Moder dünstenden Dunkel, das im Vorderraum ein kärgliches Kaminfeuer eher durchfärbte als durchwärmte. Die meisten hatten sich lethargisch auf ihre Strohsäcke hingeworfen, andere schrieben an dem einzig bewilligten Holztisch bei wackeligem Wachslicht hastige Abschiedsbriefe, wußten sie doch, daß ihr Leben eher zu Ende sein würde als die im kalten Raume blauschauernde Kerze. Keiner von ihnen aber sprach anders als flüsternd, und so dröhnte deutlich in die gefrorene Stille von der Straße her die dumpfe Explosion der Minen und das rasch ihr folgende Niederkrachen der Häuser. Doch schon war durch die schmetternde Geschwindigkeit der Geschehnisse alle Fähigkeit des Gefühls und des deutlichen Denkens den Geprüften genommen; reglos und wortlos lehnten die meisten im Dunkel wie in einem Vortraum ihres Grabes, nichts mehr erwartend und mit keiner Regung mehr dem Lebendigen zugewandt.

Da dröhnte gegen die siebente Abendstunde plötzlich energisch-harter Schritt an der Türe, Kolben klirrten, der rostige Riegel kreischte zurück. Unwillkürlich schreckten alle auf: sollte gegen die triste Gewohnheit einer sonst verstatteten Nacht schon jetzt ihre Stunde gekommen sein? Im kalten Luftzug der aufgerissenen

Tür sprang die Flamme blau von der Kerze, als wollte sie dem wächsernen Leib entfliehen, und mit ihr aufzuckend warf Angst sich dem Unbekannten entgegen. Aber bald beruhigte sich der jäh aufgerissene Schrecken, brachte der Kerkermeister doch nichts als einen neuen nachträglichen Schub Verurteilter, etwa zwanzig an der Zahl, die er wortlos und ohne ihnen im überfüllten Raum besonderen Platz anzuweisen, die Treppe herabführte. Dann stöhnte die schwereiserne Tür wieder zu.

Unfreundlich blickten die Gefangenen den Ankömmlingen entgegen, denn dies Seltsame ist ja der menschlichen Natur zu eigen, überall eilig sich einzupassen und selbst im Flüchtigen sich zu Hause zu fühlen wie in einem Recht. So betrachteten die früher Gekommenen den dumpfen modrigen Raum, den schimmeligen Strohsack, den Platz um das Feuer unwillkürlich schon als ihr Eigentum, und jeder der Neueingelangten erschien ihnen ein unberufener und schmälernder Eindringling. Die eben Eingelieferten wiederum mochten jene kalte Feindseligkeit ihrer Vorgänger, so unsinnig sie auch in tödlicher Stunde war, deutlich empfunden haben, denn – sonderbar – sie wechselten mit den Schicksalsgenossen weder Gruß noch Wort, forderten nicht Teil an Tisch und Stroh, sondern drückten sich nur wortlos und mürrisch in eine Ecke. Und war vordem die Stille schon grausam über dem Gewölbe gelegen, so mutete sie nun noch finsterer an durch diese Gespanntheit eines sinnlos herausgeforderten Gefühls.

Um so klingender, heller und gleichsam wie von

anderer Welt hereingeschlagen fuhr nun plötzlich ein Schrei diese Stille durch, ein heller, beinahe zuckender Schrei, der unwiderstehlich selbst den Teilnahmslosesten aus Ruhe und Gedrücktheit riß. Ein Mädchen, neu angekommen mit den anderen, plötzlich und ruckhaft war sie aufgesprungen, und sie war es auch, die sich, die Arme wie eine Stürzende vorgebreitet, mit dem zuckenden Ruf »Robert, Robert« einem jungen Menschen entgegenwarf, der abseits von den andern an dem Fenstergitter gelehnt hatte und nun seinerseits ihr entgegenfuhr. Und schon loderten wie zwei Flammen eines Feuers diese beiden jungen Gestalten Körper an Körper, Mund an Mund sich entgegen, so innig zusammenbrennend, daß die jäh ausströmenden Tränen der Entzückung eine des anderen Wangen überströmten und ihr Schluchzen wie aus einer einzigen berstenden Kehle drang. Wenn sie sich ließen für einen Augenblick, ungläubig, sich wirklich zu fühlen und vom Übermaß des Unwahrscheinlichen erschreckt, so schlug im nächsten Augenblick schon wieder neue Umfangung sie womöglich noch glühender zusammen. Sie weinten und schluchzten und sprachen und schrien in einem Atem, ganz mit sich allein im Unendlichen des Gefühls und vollkommen achtlos der Mitgefährten, die erstaunt und durch dieses Staunen belebt sich ungewiß den beiden näherten.

Das junge Mädchen war mit Robert de L., dem Sohn eines hohen Magistratsbeamten, seit Kindheit erst befreundet, seit Monaten dann verlobt gewesen. Schon war in der Kirche ihr Aufgebot erfolgt und gerade jener blutige Tag, da die Truppen des Konvents in die Stadt einbrachen, ihrer Vermählung bestimmt, da gebot es die Pflicht ihrem Verlobten, der in der Armee Percys gegen die Republik gekämpft hatte, den Royalisten-General bei seinem verzweifelten Durchbruch zu begleiten. Wochenlang blieb dann jede Nachricht von ihm aus, und schon wagte sie zu hoffen, er habe sich glücklich über die Schweizer Grenze gerettet, als plötzlich ein Stadtschreiber ihr meldete, Angeber hätten sein Versteck auf einem Gehöfte ausgekundschaftet, und gestern sei er dem Revolutionstribunal überliefert worden. Kaum hatte das kühne Mädchen von der Gefangennahme und zweifellosen Verurteilung ihres Verlobten erfahren, als sie mit jener magisch unbegreiflichen Energie, welche die Natur Frauen in Augenblicken höchster Gefahr zuteilt, das Unmögliche durchsetzte, persönlich bis zu dem unnahbaren Volksbeauftragten vorzudringen, um dort Gnade für ihren Verlobten zu erbitten. Collot d'Herbois, dem sie zuerst sich zu Füßen warf, hatte sie herb abgewiesen, er kenne keine Gnade für Verräter. Darauf war sie zu Fouché geeilt, der nicht minder hart als jener, aber verschlagener in den Mitteln, sich der Rührung, die ihn beim Anblick dieses verzweifelten jungen Mädchens übermannte, dadurch erwehrte, daß er log, gern hätte er zugunsten ihres Verlobten eingegriffen, aber er sehe – und dabei warf der geübte Seelenbetrüger einen lockern Blick durch das Lorgnon auf irgendein gleichgültiges Blatt–, daß schon heute vormittag Robert de L. auf den Feldern von Brotteaux füsiliert worden sei. Die

Täuschung des jungen Mädchens gelang dem Listigen vollkommen: sie glaubte sofort ihren Bräutigam tot. Aber statt einem wehrlosen Schmerz sich weibisch hinzugeben, riß sie, gleichgültig gegen ihr nun sinnloses Leben, die Kokarde sich aus dem Haar, trat sie mit Füßen, nannte lautschreiend, daß es durch alle offenen Türen dröhnte, Fouché und seine rasch herbeigeeilten Leute erbärmliche Blutsäufer, Henker und feige Verbrecher. Und noch während die Soldaten sie fesselten und aus dem Zimmer schleppten, konnte sie bereits hören, wie Fouché ihren Verhaftungsbefehl seinem pockennarbigen Sekretär diktierte.

Dies alles habe sie – so erzählt die Leidenschaftliche beinahe freudig den Umstehenden – aber nicht mehr als wirklich und wesenhaft empfunden, im Gegenteil, ein rauschendes Gefühl der Befriedigung hätte sie bei dem Gedanken erfaßt, rasch dem hingerichteten Bräutigam folgen zu dürfen. Bei dem Verhör habe sie auf alle Fragen gar nicht mehr Antwort gegeben, so stark hätte sie schon innen das Gefühl des nahen Endes mit Freude durchklungen, ja, sie habe nicht einmal die Augen recht erhoben, als man sie mit jenem verspäteten Trupp hier ins Gefängnis hineinstieß. Denn was hätte sie in dieser Welt noch weiter beschäftigen können, da sie ihren Geliebten tot wußte und sich selbst ihm in diesem Tode schon selig nah. Darum habe sie sich auch vollkommen anteilslos in die Ecke gelagert, bis ihr Blick, kaum der Dunkelheit gewöhnt, von der Haltung eines jungen Menschen befremdet worden sei, der nachdenklich am Fenster lehnte, ganz sonderbar ähnlich der Art, mit der ihr

Verlobter vor sich hinzublicken pflegte. Gewaltsam habe sie sich verboten, einer so sinnlos trügerischen Hoffnung nachzugeben, immerhin aber sei sie aufgestanden. Und gerade in diesem Augenblick sei jener fast gleichzeitig an den Lichtkreis der Kerze herangetreten. Sie verstehe aber nicht, fügte sie in noch nachhallender Erschütterung bei, daß sie nicht gestorben sei in jener schneidenden Sekunde des Erschreckens, denn sie habe deutlich gefühlt, daß das Herz wie ein Lebendiges ihr aus der Brust sprang, als sie plötzlich ihn, den längst Aufgegebenen, vor sich lebendig sah.

Während sie dies in fliegender Eile erzählte, ließ nicht für einen Augenblick ihre Hand jene des Geliebten. Unverwandt, gleichsam noch immer ungewiß seiner Gegenwart, drängte sie immer wieder von neuem in seine Umfangung zurück, und dieser rührende Anblick jugendlicher Innigkeit erschütterte auf wunderbare Weise ihre Schicksalsgenossen. Eben noch lethargisch, müde, gleichgültig und jeder Empfindung verschlossen, umdrängten sie nun auf einmal das so sonderbar vereinigte Paar mit leidenschaftlicher Lebhaftigkeit. Jeder vergaß über diesem außerordentlichen sein eigenes Geschick, jeder gab willig dem strömenden Bedürfnis nach, ihnen ein Wort der Teilnahme, der Zustimmung oder auch des Mitleids zu sagen, aber in einer Art rauschhaftem Stolz wehrte das feurige Mädchen jedes Bedauern ab. Nein, sie sei glücklich, restlos glücklich, da sie nun wisse, daß sie zu gleicher Stunde mit ihrem Geliebten sterbe und keiner den andern betrauern müsse. Und nur eines

mindere ihr Glück, daß sie mit noch fremdem Namen und nicht als seine angetraute Frau gemeinsam mit ihm vor Gott hintreten könne.
Sie hatte dies ausgesprochen, vollkommen arglos und absichtslos und beinahe des Gesprochenen schon vergessen, immer wieder sich der Umfangung des Geliebten hingebend; deshalb wurde sie auch nicht gewahr, daß, von diesem ihrem Wunsche tiefbewegt, unterdessen ein Kriegskamerad Roberts vorsichtig zur Seite schlich und mit einem älteren Mann leise zu flüstern begann. Jenen aber schienen die zugeflüsterten Worte sehr zu erschüttern, denn sofort raffte er sich empor und mühte sich zu den beiden hin. Er wäre, wandte er sich ihnen zu, was seine bäuerliche Kleidung wohl nicht erkennen lasse, ein eidverweigernder Priester aus Toulon und sei erst hier infolge einer Denunziation festgenommen worden. Aber wenn das priesterliche Gewand ihm jetzt fehle, so fühle er doch unverändert in sich sein Amt und seine priesterliche Macht. Und da der beiden Aufgebot längst erfolgt sei, andererseits das Urteil einen Aufschub nicht verstatte, so wolle er sich gerne unterfangen, ihr durchaus redliches Begehren sofort zu erfüllen und sie hier vor der Zeugenschaft ihrer Mitgefährten und jenes allerorts gegenwärtigen Gottes ehelich zu vereinigen.
Erstaunt von dieser nochmaligen und nie erhofften Wunscherfüllung blickte das junge Mädchen fragend ihren Verlobten an. Der antwortete nur mit einem strahlenden Blick. Da beugte das junge Mädchen ihre Knie auf die harten Fliesen, küßte die Hand des Prie-

sters und bat, auch in diesem unwürdigen Raume die Vermählung zu vollziehen, denn sie fühle sich reines Sinnes und ganz von der Heiligkeit der Stunde erfüllt. Die andern, tief erschüttert, daß dieser dumpfe Todesraum für einen Augenblick zur Kirche werden sollte, wurden unwillkürlich von der Erregung der Braut berührt und verdeckten sie mühsam durch vielfältige und hastige Tätigkeit. Die Männer reihten die wenigen Sessel heran, stellten die Wachslichter in gerader Reihe um ein eisernes Kruzifix und näherten so den Tisch einem Altar an, die Frauen flochten indes hastig die wenigen Blumen, die ihnen mitleidige Hände auf den Weg gegeben hatten, zu einem schmalen Kranz, den sie dem Mädchen auf das Haupt drückten; unterdessen war der Priester mit dem ihr zubestimmten Gatten in den Nebenraum getreten und hatte erst ihm und dann ihr die Beichte abgenommen, und wie die beiden nun vor den improvisierten Altar traten, entstand für einige Minuten eine so erfüllte und so auffällige Stille, daß plötzlich der Wachsoldat, irgendein Verdächtiges vermutetend, die Tür aufriß und eintrat. Als er die sonderbare Vorbereitung bemerkte, wurde unwillkürlich sein dunkles Bauerngesicht ernst und ehrfürchtig. Er blieb, ohne zu stören, an der Tür stehen und ward so selber schweigsamer Zeuge der ungewöhnlichen Vermählung.

Der Priester trat vor den Tisch und erklärte in wenigen Worten, daß überall eine Kirche und ein Altar sei, wo Menschen sich in Demut Gott verbinden wollten. Dann kniete er hin, und alle Anwesenden mit ihm; es blieb so still, daß keine der schmalen Flammen sich

bewegte. Dann fragte der Priester in das Schweigen hinein, ob die beiden sich in Leben und Tod vereinen wollten. Mit fester Stimme antworteten sie: »In Leben und Tod«, und dieses Wort Tod – eben noch als ein Grauen gefühlt – schwang hell und klar und von keiner Furcht mehr durchzittert quer in den schweigenden Raum. Da einte der Priester ihre Hände und sprach die bindenden Worte: »Ego auctoritate sanctae matris Ecclesiae qua fungor, conjungo vos in matrimoniam in nomine Patris et Filii et Spiritus sancti.«
Damit war die Zeremonie beendet. Die Neuvermählten küßten dem Priester die Hand, und jeder von den Verurteilten drängte einzeln zu, ein besonderes Wort der Herzlichkeit ihnen zu sagen. Niemand dachte in dieser Sekunde an den Tod, und die ihn fühlten, empfanden seine Schrecknis nicht mehr.
Unterdessen hatte jener Freund, der bei der Vermählung als Zeuge gedient, mit einigen andern leise geflüstert, und bald merkte man neuerdings eine sonderbare Geschäftigkeit beginnen. Die Männer trugen die Strohsäcke aus dem kleinen Nebengemach, und noch hatten die Neuverbundenen, ganz dem traumhaften Geschehen hingegeben, nichts von den Vorbereitungen bemerkt, als jener zu ihnen trat und lächelnd mitteilte, gerne hätten er und seine Schicksalsgenossen dem Paare ein Geschenk zu ihrem bräutlichen Tage geboten, doch welche irdische Gabe gelte noch jenen, die ihr eigenes Leben nicht zu halten vermöchten. So wollten sie das einzige bieten, was Neuvermählten erfreulich und kostbar sein könnte: die abgesonderte Stille einer bräutlichen und letzten

Nacht, und lieber selber etwas gedrängter im äußeren Raum zusammenrücken, damit jenen das kleinere Gemach vollkommen gehöre. »Nützt die wenigen Stunden«, fügte er bei, »kein Atemzug Leben wird uns nochmal zurückgegeben, und wem in solchem Augenblicke noch Liebe gegönnt ist, der soll sie genießen.«

Das junge Mädchen errötete bis tief ins Haar, ihr Gatte aber sah frank dem Freunde in die Augen und schüttelte ergriffen die brüderliche Hand. Sie sprachen kein Wort, blickten einander nur an. Und so geschah es, daß ohne eine laute Anordnung unwillkürlich die Männer sich um den Bräutigam, die Frauen um die Braut reihten und mit feierlich erhobenen Lichtern sie hineingeleiteten in das vom Tode geliehene Gelaß, unbewußt derart uralten Hochzeitsbrauch wieder erfindend aus dem Übermaß teilnehmenden Gefühls.

Leise lehnten sie die Tür dann zu hinter den Vermählten, keiner aber wagte ein unziemliches oder unsauber scherzendes Wort über dies nahe und bräutliche Zusammensein, denn ein sonderbar feierliches Empfinden faltete stumme Flügel über sie alle, seit sie, ohnmächtig selber gegen das Schicksal, andern eine Handvoll Glück noch hatten zuteilen können. Und im geheimen war jeder dankbar für die wohltätige Ablenkung von dem eigenen unvermeidlichen Los. So lagen, im Dunkel verstreut, wach oder träumend, die Verurteilten auf ihren Strohsäcken bis zur Frühe, und selten nur durchwogte ein Seufzer den vom verlorenen Atem dicht erfüllten Raum.

Als dann am nächsten Morgen die Soldaten eintraten,

um die vierundachtzig Verurteilten zur Richterstatt zu führen, fanden sie alle schon wach und völlig bereit. Nur im Nebenraum, wo die Vermählten weilten, blieb es still: selbst der harte Stoß der Kolben hatte die Ermüdeten nicht geweckt. So eilte der Brautführer leise hinüber, damit nicht der Henker es sei, der die Glücklichen gewaltsam erwecke. Sie lagen locker umschlungen, ihre Hand wie vergessen unter seinem rücklings geneigten Nacken; selbst in der weichen Erstarrung des Schlafes glänzten ihre Gesichter so selig entspannt, daß es dem Mitfühlenden schwer ward, solchen Frieden zu stören. Aber er durfte nicht zögern und rührte mit drängender Mahnung erst ihn an, der taumelnd aufblickte, mit einem Riß aber die Lage besann und zärtlich die Gefährtin vom Lager aufhob. Sie blickte empor, kindhaft erschreckt, doch nur von dem allzu jähen Auftauchen in die eisige Wirklichkeit: dann lächelte sie ihm einverständlich zu: »Ich bin bereit.«

Unwillkürlich machten alle, als die beiden Hand in Hand eintraten, ihnen Platz, und so ergab es sich ohne Absicht, daß die Neuvermählten den Todesgang der Verurteilten eröffneten. Obwohl den täglichen Anblick jener traurigen Trupps schon gewohnt, blickten diesmal die Leute doch staunend dem sonderbaren Zuge nach, denn von diesen beiden Menschen, die ihn eröffneten, dem jungen Offizier und der mit bräutlichem Kranze geschmückten Frau, strahlte eine so ungewohnte Heiterkeit und fast selige Sicherheit aus, daß selbst dumpfe Seelen hier ein hohes Geheimnis ehrfürchtig fühlten. Aber auch die andern Verurteil-

ten stapften nicht den sonst schlürfenden Trott der zum Tode Geführten, sondern jeder von ihnen starrte auf die beiden, denen dreimal so unvermutete Wunscherfüllung geworden war, brennenden Blicks und mit dem verzweifelt angekrallten Vertrauen, noch einmal müsse, noch einmal werde an diesen beiden Glücklichen ein letztes Wunder sich ereignen und sie alle damit vom sichern Tode erretten.
Aber das Leben liebt nur das Wunderbare und spart mit dem wirklichen Wunder: einzig das in Lyon damals Tagtägliche geschah. Der Zug wurde über die Brücke auf die sumpfigen Felder von Brotteaux geführt, dort erwarteten ihn zwölf Pelotons Infanterie, je drei Flintenläufe für den einzelnen Mann. Man stellte sie in Reih und Glied: eine einzige Salve krachte alle nieder. Dann warfen die Soldaten die noch blutenden Leichen in die Rhône, deren rasche Strömung Antlitz und Schicksal dieser Unbekannten gleichgültig in sich hinunternahm. Nur der hochzeitliche Kranz, der sich vom Haupte der Sinkenden leichter gelöst hatte, schwamm einige Zeit noch sinnlos und fremd auf den weiterwandernden Wellen. Schließlich entschwand auch er und mit ihm für lange Zeit das Gedächtnis jener von den Lippen des Todes gelösten und darum denkwürdigen Liebesnacht.

DER AMOKLÄUFER

Im März des Jahres 1912 ereignete sich im Hafen von Neapel bei dem Ausladen eines großen Überseedampfers ein merkwürdiger Unfall, über den die Zeitungen umfangreiche, aber sehr phantastisch ausgeschmückte Berichte brachten. Obzwar Passagier der ›Oceania‹, war es mir ebensowenig wie den anderen möglich, Zeuge jenes seltsamen Vorfalles zu sein, weil er sich zur Nachtzeit während des Kohlenladens und der Löschung der Fracht abspielte, wir aber, um dem Lärm zu entgehen, alle an Land gegangen waren und dort in Kaffeehäusern oder Theatern die Zeit verbrachten. Immerhin meine ich persönlich, daß manche Vermutungen, die ich damals nicht öffentlich äußerte, die wirkliche Aufklärung jener erregenden Szene in sich tragen, und die Ferne der Jahre erlaubt mir wohl, das Vertrauen eines Gespräches zu nutzen, das jener seltsamen Episode unmittelbar vorausging.

Als ich in der Schiffsagentur von Kalkutta einen Platz für die Rückreise nach Europa auf der ›Oceania‹ bestellen wollte, zuckte der Clerk bedauernd die Schultern. Er wisse noch nicht, ob es möglich sei, mir eine Kabine zu sichern, das Schiff wäre jetzt knapp vor dem Einbruch der Regenzeit immer schon von Australien her ausverkauft, er müsse erst das Telegramm von Singapore abwarten. Am nächsten Tage teilte er mir erfreulicherweise mit, er könne mir noch einen

Platz vormerken, freilich sei es nur eine wenig komfortable Kabine unter Deck und in der Mitte des Schiffes. Ich war schon ungeduldig, heimzukehren: so zögerte ich nicht lange und ließ mir den Platz zuschreiben.

Der Clerk hatte mich richtig informiert. Das Schiff war überfüllt und die Kabine schlecht, ein kleiner gepreßter, rechteckiger Winkel in der Nähe der Dampfmaschine, einzig vom trüben Blick der kreisrunden Glasscheibe erhellt. Die stockende, verdickte Luft roch nach Öl und Moder: nicht für einen Augenblick konnte man dem elektrischen Ventilator entgehen, der wie eine toll gewordene stählerne Fledermaus einem surrend über der Stirne kreiste. Von unten her ratterte und stöhnte wie ein Kohlenträger, der unablässig dieselbe Treppe hinaufkeucht, die Maschine, von oben hörte man unaufhörlich das schlurfende Hin und Her der Schritte vom Promenadendeck. So flüchtete ich, kaum daß ich den Koffer in das muffige Grab aus grauen Traversen verstaut hatte, wieder zurück auf Deck, und wie Ambra trank ich, aufsteigend aus der Tiefe, den süßlichen weichen Wind, der vom Lande her über die Wellen wehte.

Aber auch das Promenadendeck war voll Enge und Unruhe: es flatterte und flirrte von Menschen, die mit der flackernden Nervosität eingesperrter Untätigkeit unausgesetzt plaudernd auf und nieder gingen. Das zwitschernde Geschäker der Frauen, das rastlos kreisende Wandern auf dem Engpaß des Decks, wo vor den Stühlen der Schwarm in schwatzhafter Unruhe vorbeiwogte, um sich unablässig zu begegnen, tat mir irgendwie weh. Ich hatte eine neue Welt gesehen, rasch ineinanderstürzende Bilder in rasender Jagd in mich eingetrunken. Nun wollte ich mirs übersinnen, zerteilen, ordnen, nachbildend das heiß in den Blick Gedrängte gestalten, aber hier auf dem gedrängten Boulevard gab es nicht eine Minute Ruhe und Rast. Die Zeilen in einem Buch zerrannen vor den flüchtigen Schatten der Vorüberplaudernden. Es war unmöglich, mit sich selbst auf dieser schattenlosen wandernden Schiffsgasse allein zu sein.

Drei Tage lang versuchte ichs, sah resigniert auf die Menschen, auf das Meer, aber das Meer blieb immer dasselbe, blau und leer, nur im Sonnenuntergang plötzlich mit allen Farben jäh übergossen. Und die Menschen, sie kannte ich auswendig nach dreimal vierundzwanzig Stunden. Jedes Gesicht war mir vertraut bis zum Überdruß, das scharfe Lachen der Frauen reizte, das polternde Streiten zweier nachbarlicher holländischer Offiziere ärgerte nicht mehr. So blieb nur Flucht: aber die Kabine war heiß und dunstig, im Salon produzierten unablässig englische Mädchen ihr schlechtes Klavierspiel bei abgehackten Walzern. Schließlich drehte ich entschlossen die Zeitordnung um, tauchte in die Kabine schon nachmittags hinab, nachdem ich mich zuvor mit ein paar Gläsern Bier betäubt, um das Souper und den Tanzabend zu überschlafen.

Als ich aufwachte, war es ganz dunkel und dumpf in dem kleinen Sarg der Kabine. Den Ventilator hatte ich abgestellt, so schwälte die Luft fettig und feucht an die Schläfen. Meine Sinne waren irgendwie betäubt: ich

brauchte Minuten, um mich an Zeit und Ort zurückzufinden. Mitternacht mußte jedenfalls schon vorbei sein, denn ich hörte weder Musik noch den rastlosen Schlurf der Schritte: nur die Maschine, das atmende Herz des Leviathans, stieß keuchend den knisternden Leib des Schiffes fort ins Unsichtbare.
Ich tastete empor auf Deck. Es war leer. Und wie ich den Blick aufhob über den dünstenden Turm des Schornsteins und die geisterhaft glänzenden Spieren, drang mit einmal magische Helle mir in die Augen. Der Himmel strahlte. Er war dunkel gegen die Sterne, die ihn weiß durchwirbelten, aber doch: er strahlte; es war, als verhüllte dort ein samtener Vorhang ungeheures Licht, als wären die sprühenden Sterne nur Luken und Ritzen, durch die jenes unbeschreiblich Helle vorglänzte. Nie hatte ich den Himmel gesehen wie in jener Nacht, so strahlend, so stahlblau hart und doch funkelnd, triefend, rauschend, quellend von Licht, das vom Mond verhangen niederschwoll und von den Sternen und das irgendwie aus einem geheimnisvollen Innern zu brennen schien. Weißer Lack, flimmerten im Monde alle Randlinien des Schiffes grell gegen das samtdunkle Meer, die Taue, die Rahen, alles Schmale, alle Konturen waren aufgelöst in diesem flutenden Glanz: gleichsam im Leeren schienen die Lichter auf den Masten und darüber das runde Auge des Ausgucks zu hängen, irdische gelbe Sterne zwischen den strahlenden des Himmels.
Gerade aber zu Häupten stand mir das magische Sternbild, das Südkreuz, mit flimmernden diamantenen Nägeln ins Unsichtbare gehämmert, schwebend

scheinbar, indes nur das Schiff Bewegung schuf, das leise bebend sich mit atmender Brust nieder und auf, nieder und auf, ein gigantischer Schwimmer, durch die dunklen Wogen stieß. Ich stand und sah empor: mir war wie in einem Bade, wo Wasser warm von oben fällt, nur daß dies Licht war, das mir weiß und auch lau die Hände überspülte, die Schultern, das Haupt mild umgoß und irgendwie nach innen zu dringen schien, denn alles Dumpfe in mir war plötzlich aufgehellt. Ich atmete befreit, rein, und jäh beseligt spürte ich auf den Lippen wie ein klares Getränk die Luft, die weiche, gegorene, leicht trunken machende Luft, in der Atem von Früchten, Duft von fernen Inseln war. Nun, nun zum ersten Male, seit ich die Planken betreten, überkam mich die heilige Lust des Träumens, und jene andere sinnlichere, meinen Körper weibisch hinzugeben an dieses Weiche, das mich umdrängte. Ich wollte mich hinlegen, den Blick hinauf zu den weißen Hieroglyphen. Aber die Ruhesessel, die Deckchairs waren verräumt, nirgends fand sich auf dem leeren Promenadendeck ein Platz zu träumerischer Rast.

So tastete ich weiter, allmählich dem Vorderteil des Schiffes zu, ganz geblendet vom Licht, das immer heftiger aus den Gegenständen auf mich zu dringen schien. Fast tat es schon weh, dies kalkweiße, grell brennende Sternenlicht, ich aber hatte Verlangen, mich irgendwo im Schatten zu vergraben, hingestreckt auf eine Matte, den Glanz nicht an mir zu fühlen, sondern nur über mir, an den Dingen gespiegelt, so wie man eine Landschaft sieht aus verdunkeltem Zimmer. Endlich kam ich, über Taue stolpernd und vorbei an den eisernen Gewinden, bis an den Kiel und sah hinab, wie der Bug in das Schwarze stieß und geschmolzenes Mondlicht schäumend zu beiden Seiten der Schneide aufsprühte. Immer wieder hob, immer wieder senkte sich der Pflug in die schwarzflutende Scholle, und ich fühlte alle Qual des besiegten Elements, fühlte alle Lust der irdischen Kraft in diesem funkelnden Spiel. Und im Schauen verlor ich die Zeit. War es eine Stunde, daß ich so stand, oder waren es nur Minuten: im Auf und Nieder schaukelte mich die ungeheure Wiege des Schiffes über die Zeit hinaus. Ich fühlte nur, daß in mich Müdigkeit kam, die wie eine Wollust war. Ich wollte schlafen, träumen und doch nicht weg aus dieser Magie, nicht hinab in meinen Sarg. Unwillkürlich ertastete ich mit meinem Fuß unter mir ein Bündel Taue. Ich setzte mich hin, die Augen geschlossen und doch nicht Dunkels voll, denn über sie, über mich strömte der silberne Glanz. Unten fühlte ich die Wasser leise rauschen, über mir mit unhörbarem Klang den weißen Strom dieser Welt. Und allmählich schwoll dieses Rauschen mir ins Blut: ich fühlte mich selbst nicht mehr, wußte nicht, ob dies Atmen mein eigenes war oder des Schiffes fernpochendes Herz, ich strömte, verströmte in diesem ruhelosen Rauschen der mitternächtigen Welt.

Ein leises, trockenes Husten hart neben mir ließ mich auffahren. Ich schrak aus meiner fast schon trunkenen Träumerei. Meine Augen, geblendet vom weißen Ge leucht über den bislang geschlossenen Lidern, tasteten auf: mir knapp gegenüber im Schatten der Bordwand glänzte etwas wie der Reflex einer Brille, und jetzt glühte ein dicker, runder Funke auf, die Glut einer Pfeife. Ich hatte, als ich mich hinsetzte, einzig niederblickend in die schaumige Bugschneide und empor zum Südkreuz, offenbar diesen Nachbarn nicht bemerkt, der regungslos hier die ganze Zeit gesessen haben mußte. Unwillkürlich, noch dumpf in den Sinnen, sagte ich auf deutsch: »Verzeihung!« »Oh, bitte ...« antwortete die Stimme deutsch aus dem Dunkel.

Ich kann nicht sagen, wie seltsam und schaurig das war, dies stumme Nebeneinandersitzen im Dunkeln, knapp neben einem, den man nicht sah. Unwillkürlich hatte ich das Gefühl, als starre dieser Mensch auf mich, genau wie ich auf ihn starrte: aber so stark war das Licht über uns, das weißflimmernd flutende, daß keiner von keinem mehr sehen konnte als den Umriß im Schatten. Nur den Atem meinte ich zu hören und das fauchende Saugen an der Pfeife.

Das Schweigen war unerträglich. Ich wäre am liebsten weggegangen, aber das schien doch zu brüsk, zu plötzlich. Aus Verlegenheit nahm ich mir eine Zigarette heraus. Das Zündholz zischte auf, eine Sekunde lang zuckte Licht über den engen Raum. Ich sah hinter Brillengläsern ein fremdes Gesicht, das ich nie an Bord gesehen, bei keiner Mahlzeit, bei keinem Gang, und sei es, daß die plötzliche Flamme den Augen wehtat, oder war es eine Halluzination: es schien grauenhaft verzerrt, finster und koboldhaft. Aber ehe ich Einzelheiten deutlich wahrnahm, schluckte das

Dunkel wieder die flüchtig erhellten Linien fort, nur den Umriß sah ich einer Gestalt, dunkel ins Dunkel gedrückt, und manchmal den kreisrunden roten Feuerring der Pfeife im Leeren. Keiner sprach, und dies Schweigen war schwül und drückend wie die tropische Luft.

Endlich ertrug ichs nicht mehr. Ich stand auf und sagte höflich »Gute Nacht«.

»Gute Nacht«, antwortete es aus dem Dunkel, eine heisere harte, eingerostete Stimme.

Ich stolperte mich mühsam vorwärts durch das Takelwerk an den Pfosten vorbei. Da klang ein Schritt hinter mir her, hastig und unsicher. Es war der Nachbar von vordem. Unwillkürlich blieb ich stehen. Er kam nicht ganz nah heran, durch das Dunkel fühlte ich ein Irgendetwas von Angst und Bedrücktheit in der Art seines Schrittes.

»Verzeihen Sie«, sagte er dann hastig, »wenn ich eine Bitte an Sie richte. Ich ... ich ...« – er stotterte und konnte nicht gleich weitersprechen vor Verlegenheit – »ich ... ich habe private ... ganz private Gründe, mich hier zurückzuziehen ... ein Trauerfall ... ich meide die Gesellschaft an Bord ... Ich meine nicht Sie ... nein, nein ... Ich möchte nur bitten ... Sie würden mich sehr verpflichten, wenn Sie zu niemandem an Bord davon sprechen würden, daß Sie mich hier gesehen haben ... Es sind ... sozusagen private Gründe, die mich jetzt hindern, unter die Leute zu gehen ... ja ... nun ... es wäre mir peinlich, wenn Sie davon Erwähnung täten, daß jemand hier nachts ... daß ich ...« Das Wort blieb ihm wieder stecken, ich beseitigte rasch seine Verwirrung, indem ich ihm eiligst zusicherte, seinen Wunsch zu erfüllen. Wir reichten einander die Hände. Dann ging ich in meine Kabine zurück und schlief einen dumpfen, merkwürdig verwühlten und von Bildern verwirrten Schlaf.

Ich hielt mein Versprechen und erzählte niemandem an Bord von der seltsamen Begegnung, obzwar die Versuchung keine geringe war. Denn auf einer Seereise wird das Kleinste zum Geschehnis, ein Segel am Horizont, ein Delphin, der aufspringt, ein neuentdeckter Flirt, ein flüchtiger Scherz. Dabei quälte mich die Neugier, mehr von diesem ungewöhnlichen Passagier zu wissen: ich durchforschte die Schiffsliste nach einem Namen, der ihm zugehören konnte, ich musterte die Leute, ob sie zu ihm in Beziehung stehen könnten: den ganzen Tag bemächtigte sich meiner eine nervöse Ungeduld, und ich wartete eigentlich nur auf den Abend, ob ich ihm wieder begegnen würde. Rätselhafte psychologische Dinge haben über mich eine geradezu beunruhigende Macht, es reizt mich bis ins Blut, Zusammenhänge aufzuspüren, und sonderbare Menschen können mich durch ihre bloße Gegenwart zu einer Leidenschaft des Erkennenwollens entzünden, die nicht viel geringer ist als jene des Besitzenwollens bei einer Frau. Der Tag wurde mir lang und zerbröckelte leer zwischen den Fingern. Ich legte mich früh ins Bett: ich wußte, ich würde um Mitternacht aufwachen, es würde mich erwecken.
Und wirklich: ich erwachte um die gleiche Stunde wie gestern. Auf dem Radiumzifferblatt der Uhr

deckten sich die beiden Zeiger in einem leuchtenden Strich. Hastig stieg ich aus der schwülen Kabine in die noch schwülere Nacht.

Die Sterne strahlten wie gestern und schütteten ein diffuses Licht über das zitternde Schiff, hoch oben flammte das Kreuz des Südens. Alles war wie gestern – in den Tropen sind die Tage, die Nächte zwillingshafter als in unseren Sphären – nur in mir war nicht dies weiche, flutende, träumerische Gewiegtsein wie gestern. Irgend etwas zog mich, verwirrte mich, und ich wußte, wohin es mich zog: hin zu dem schwarzen Gewind am Kiel, ob er wieder dort starr sitze, der Geheimnisvolle. Von oben her schlug die Schiffsglocke. Dies riß mich fort. Schritt für Schritt, widerwillig und doch gezogen, gab ich mir nach. Noch war ich nicht am Steven, da zuckte plötzlich dort etwas auf wie ein rotes Auge: die Pfeife. Er saß also dort.

Unwillkürlich schreckte ich zurück und blieb stehen. Im nächsten Augenblick wäre ich gegangen. Da regte es sich drüben im Dunkel, etwas stand auf, tat zwei Schritte, und plötzlich hörte ich knapp vor mir seine Stimme, höflich und gedrückt.

»Verzeihen Sie«, sagte er, »Sie wollen offenbar wieder an Ihren Platz, und ich habe das Gefühl, Sie flüchteten zurück, als Sie mich sahen. Bitte, setzen Sie sich nur hin, ich gehe schon wieder.«

Ich eilte, ihm meinerseits zu sagen, daß er nur bleiben solle, ich sei bloß zurückgetreten, um ihn nicht zu stören. »Mich stören Sie nicht«, sagte er mit einer gewissen Bitterkeit, »im Gegenteil, ich bin froh, einmal nicht allein zu sein. Seit zehn Tagen habe ich kein

Wort gesprochen ... eigentlich seit Jahren nicht ... und da geht es so schwer, eben vielleicht weil man schon erstickt daran, alles in sich hineinzuwürgen ... Ich kann nicht mehr in der Kabine sitzen, in diesem ... diesem Sarg ... ich kann nicht mehr ... und die Menschen ertrage ich wieder nicht, weil sie den ganzen Tag lachen ... Das kann ich nicht ertragen jetzt ... ich höre es hinein bis in die Kabine und stopfe mir die Ohren zu ... freilich, sie wissen ja nicht, daß ... nun sie wissens eben nicht, und dann, was geht das die Fremden an ... «

Er stockte wieder. Und sagte dann ganz plötzlich und hastig: »Aber ich will Sie nicht belästigen ... verzeihen Sie meine Geschwätzigkeit.«

Er verbeugte sich und wollte fort. Aber ich widersprach ihm dringlich. »Sie belästigen mich durchaus nicht. Auch ich bin froh, hier ein paar stille Worte zu haben ... Nehmen Sie eine Zigarette?«

Er nahm eine. Ich zündete an. Wieder riß sich das Gesicht flackernd vom schwarzen Bordrand los, aber jetzt voll mir zugewandt: die Augen hinter der Brille forschten in mein Gesicht, gierig und mit einer irren Gewalt. Ein Grauen überlief mich. Ich spürte, daß dieser Mensch sprechen wollte, sprechen mußte. Und ich wußte, daß ich schweigen müsse, um ihm zu helfen.

Wir setzten uns wieder. Er hatte einen zweiten Deckchair dort, den er mir anbot. Unsere Zigaretten funkelten, und an der Art, wie der Lichtring der seinen unruhig im Dunkel zitterte, sah ich, daß seine Hand bebte. Aber ich schwieg, und er schwieg. Dann fragte plötzlich seine Stimme leise: »Sind Sie sehr müde?«

»Nein, durchaus nicht.«

Die Stimme aus dem Dunkel zögerte wieder. »Ich möchte Sie gerne um etwas fragen ... das heißt, ich möchte Ihnen etwas erzählen. Ich weiß, ich weiß genau, wie absurd das ist, mich an den ersten zu wenden, der mir begegnet, aber ... ich bin ... ich bin in einer furchtbaren psychischen Verfassung ... ich bin an einem Punkt, wo ich unbedingt mit jemandem sprechen muß ... ich gehe sonst zugrunde ... Sie werden das schon verstehen, wenn ich ... ja, wenn ich Ihnen eben erzähle ... Ich weiß, daß Sie mir nicht werden helfen können ... aber ich bin irgendwie krank von diesem Schweigen ... und ein Kranker ist immer lächerlich für die andern ... «

Ich unterbrach ihn und bat ihn, sich doch nicht zu quälen. Er möge mir nur erzählen ... ich könne ihm natürlich nichts versprechen, aber man habe doch die Pflicht, seine Bereitwilligkeit anzubieten. Wenn man jemanden in einer Bedrängnis sehe, da ergebe sich doch natürlich die Pflicht zu helfen ...

»Die Pflicht ... seine Bereitwilligkeit anzubieten ... die Pflicht, den Versuch zu machen ... Sie meinen also auch, Sie auch, man habe die Pflicht ... die Pflicht, seine Bereitwilligkeit anzubieten.«

Dreimal wiederholte er den Satz. Mir graute vor dieser stumpfen, verbissenen Art des Wiederholens. War dieser Mensch wahnsinnig? War er betrunken?

Aber als ob ich die Vermutung laut mit den Lippen ausgesprochen hätte, sagte er plötzlich mit einer ganz andern Stimme: »Sie werden mich vielleicht für irr halten oder für betrunken. Nein, das bin ich nicht –

noch nicht. Nur das Wort, das Sie sagten, hat mich so merkwürdig berührt ... so merkwürdig, weil es gerade das ist, was mich jetzt quält, nämlich ob man die Pflicht hat ... die Pflicht ... «

Er begann wieder zu stottern. Dann brach er kurz ab und begann mit einem neuen Ruck.

»Ich bin nämlich Arzt. Und da gibt es oft solche Fälle, solche verhängnisvolle ... ja, sagen wir Grenzfälle, wo man nicht weiß, ob man die Pflicht hat ... nämlich, es gibt ja nicht nur eine Pflicht, die gegen den andern, sondern eine für sich selbst und eine für den Staat und eine für die Wissenschaft ... Man soll helfen, natürlich, dazu ist man doch da ... aber solche Maximen sind immer nur theoretisch ... Wie weit soll man denn helfen? ... Da sind Sie, ein fremder Mensch, und ich bin Ihnen fremd, und ich bitte Sie, zu schweigen darüber, daß Sie mich gesehen haben ... gut, Sie schweigen, Sie erfüllen diese Pflicht ... Ich bitte Sie, mit mir zu sprechen, weil ich krepiere an meinem Schweigen ... Sie sind bereit, mir zuzuhören ... gut ... Aber das ist ja leicht ... Wenn ich Sie aber bitten würde, mich zu packen und über Bord zu werfen ... da hört sich doch die Gefälligkeit, die Hilfsbereitschaft auf. Irgendwo endets doch ... dort, wo man anfängt mit seinem eigenen Leben, seiner eigenen Verantwortung ... irgendwo muß es doch enden ... irgendwo muß diese Pflicht doch aufhören ... Oder vielleicht soll sie gerade beim Arzt nicht aufhören dürfen? Muß der ein Heiland, ein Allerweltshelfer sein, bloß weil er ein Diplom in lateinischen Worten hat, muß der wirklich sein Leben hinwerfen und sich Wasser ins Blut schütten, wenn irgendeine ... irgendeiner kommt und will, daß er edel sei, hilfreich und gut? Ja, irgendwo hört die Pflicht auf ... dort, wo man nicht mehr kann, gerade dort ... «

Er hielt wieder inne und riß sich auf.

»Verzeihen Sie ... ich rede gleich so erregt ... aber ich bin nicht betrunken ... noch nicht betrunken ... auch das kommt jetzt oft bei mir vor, ich gestehe es Ihnen ruhig ein, in dieser höllischen Einsamkeit ... Bedenken Sie, ich habe sieben Jahre fast nur zwischen Eingeborenen und Tieren gelebt ... da verlernt man das ruhige Reden. Wenn man sich dann auftut, flutets gleich über ... Aber warten Sie ... ja, ich weiß schon ... ich wollte Sie fragen, wollte Ihnen so einen Fall vorlegen, ob man die Pflicht habe zu helfen ... so ganz engelhaft rein zu helfen, ob man ... Übrigens ich fürchte, es wird lang werden. Sind Sie wirklich nicht müde?«

»Nein, durchaus nicht.«

»Ich ... ich danke Ihnen ... Nehmen Sie nicht?«

Er hatte irgendwo hinter sich ins Dunkel getappt. Etwas klirrte gegeneinander, zwei, drei, jedenfalls mehrere Flaschen, die er neben sich gestellt. Er bot mir ein Glas Whisky an, an dem ich flüchtig nippte, während er mit einem Ruck das seine hinabgoß. Einen Augenblick stand Schweigen zwischen uns. Da schlug die Glocke: halb eins.

»Also ... ich möchte Ihnen einen Fall erzählen. Nehmen Sie an, ein Arzt in einer ... einer kleineren Stadt ... oder eigentlich am Lande ... ein Arzt, der ... ein Arzt, der ...«

Er stockte wieder. Dann riß er sich plötzlich den Sessel heran zu mir.

»So geht es nicht. Ich muß Ihnen alles direkt erzählen, von Anfang an, sonst verstehen Sie es nicht ... Das, das läßt sich nicht als Exempel, als Theorie entwickeln ... ich muß Ihnen meinen Fall erzählen. Da gibt es keine Scham, kein Verstecken ... vor mir ziehen sich auch die Leute nackt aus und zeigen mir ihren Grind, ihren Harn und ihre Exkremente ... wenn man geholfen haben will, darf man nicht herumreden und nichts verschweigen ... Also ich werde Ihnen keinen Fall erzählen von einem sagenhaften Arzt ... ich ziehe mich nackt aus und sage: ich ... das Schämen habe ich verlernt in dieser dreckigen Einsamkeit, in diesem verfluchten Land, das einem die Seele auffrißt und das Mark aus den Lenden saugt.«

Ich mußte irgendeine Bewegung gemacht haben, denn er unterbrach sich.

»Ach, Sie protestieren ... ich verstehe, Sie sind begeistert von Indien, von den Tempeln und den Palmenbäumen, von der ganzen Romantik einer Zweimonatsreise. Ja, so sind sie zauberhaft, die Tropen, wenn man sie in der Eisenbahn, im Auto, in der Rikscha durchstreift: ich habe das auch nicht anders gefühlt, als ich zum erstenmal herüber kam vor sieben Jahren. Was träumte ich da nicht alles, die Sprachen wollte ich lernen und die heiligen Bücher im Urtext lesen, die Krankheiten studieren, wissenschaftlich arbeiten, die Psyche der Eingeborenen ergründen – so sagt man ja im europäischen Jargon – ein Missionar der Menschlichkeit, der Zivilisation werden. Alle, die kommen, träumen denselben Traum. Aber in diesem unsichtbaren Glashaus dort geht einem die Kraft aus, das Fieber – man kriegts ja doch, mag man noch so viel Chinin in sich fressen – greift einem ans Mark, man wird schlapp und faul, wird weich, eine Qualle. Irgendwie ist man als Europäer von seinem wahren Wesen abgeschnitten, wenn man aus den großen Städten weg in so eine verfluchte Sumpfstation kommt: auf kurz oder lang hat jeder seinen Knax weg, die einen saufen, die andern rauchen Opium, die dritten prügeln und werden Bestien – irgendeinen Schuß Narrheit kriegt jeder ab. Man sehnt sich nach Europa, träumt davon, wieder einen Tag auf einer Straße zu gehen, in einem hellen steinernen Zimmer unter weißen Menschen zu sitzen, Jahr um Jahr träumt man davon, und kommt dann die Zeit, wo man Urlaub hätte, so ist man schon zu träge, um zu gehen. Man weiß, drüben ist man vergessen, fremd, eine Muschel in diesem Meer, auf die jeder tritt. So bleibt man und versumpft und verkommt in diesen heißen, nassen Wäldern. Es war ein verfluchter Tag, an dem ich mich in dieses Drecknest verkauft habe ...

Übrigens: ganz so freiwillig war das ja auch nicht. Ich hatte in Deutschland studiert, war recte Mediziner geworden, ein guter Arzt sogar, mit einer Anstellung an der Leipziger Klinik; irgendwo in einem verschollenen Jahrgang der Medizinischen Blätter haben sie damals viel Aufhebens gemacht von einer neuen Injektion, die ich als erster praktiziert hatte. Da kam eine Weibergeschichte, eine Person, die ich im Krankenhaus kennenlernte: sie hatte ihren Geliebten so toll gemacht, daß er sie mit dem Revolver anschoß, und bald war ich ebenso toll wie er. Sie hatte eine Art, hochmütig und kalt zu sein, die mich rasend machte – mich hatten immer schon Frauen in der Faust, die herrisch und frech waren, aber diese bog mich zusammen, daß mir die Knochen brachen. Ich tat, was sie wollte, ich – nun, warum soll ichs nicht sagen, es sind acht Jahre her – ich tat für sie einen Griff in die Spitalskasse, und als die Sache aufflog, war der Teufel los. Ein Onkel deckte noch den Abgang, aber mit der Karriere war es vorbei. Damals hörte ich gerade, die holländische Regierung werbe Ärzte an für die Kolonien und biete ein Handgeld. Nun, ich dachte gleich, es müßte ein sauberes Ding sein, für das man Handgeld biete, ich wußte, daß die Grabkreuze auf diesen Fieberplantagen dreimal so schnell wachsen als bei uns, aber wenn man jung ist, glaubt man, das Fieber und der Tod springt immer nur auf die andern. Nun, ich hatte da nicht viel Wahl, ich fuhr nach Rotterdam, verschrieb mich auf zehn Jahre, bekam ein ganz nettes Bündel Banknoten, die Hälfte schickte ich nach Hause an den Onkel, die andere Hälfte jagte mir eine Person dort im Hafenviertel ab, die alles von mir herauskriegte, nur weil sie jener verfluchten Katze so ähnlich war. Ohne Geld, ohne Uhr, ohne Illusionen bin ich dann abgesegelt von Europa und war nicht sonderlich traurig, als wir aus dem Hafen steuerten. Und dann saß ich so auf Deck wie Sie, wie alle saßen, und sah das Südkreuz und die Palmen, das Herz ging mir auf – ah, Wälder, Einsamkeit, Stille, träumte ich! Nun – an Einsamkeit bekam ich gerade genug. Man setzte mich nicht nach Batavia oder Surabaya, in eine Stadt, wo es Menschen gibt und Klubs und Golf und Bücher und Zeitungen, sondern – nun, der Name tut ja nichts zur Sache – in irgendeine der Distriktstationen, zwei Tagereisen von der nächsten Stadt. Ein paar langweilige, verdorrte Beamte, ein paar Halfcast, das war meine ganze Gesellschaft, sonst weit und breit nur Wald, Plantagen, Dickicht und Sumpf.

Im Anfang wars noch erträglich. Ich trieb allerhand Studien; einmal, als der Vizeresident auf der Inspektionsreise mit dem Automobil umgeworfen und sich ein Bein zerschmettert hatte, machte ich ohne Gehilfen eine Operation, über die viel geredet wurde, ich sammelte Gifte und Waffen der Eingeborenen, ich beschäftigte mich mit hundert kleinen Dingen, um mich wach zu halten. Aber all dies ging nur, solang die Kraft von Europa her in mir noch funktionierte; dann trocknete ich ein. Die paar Europäer langweilten mich, ich brach den Verkehr ab, trank und träumte in mich hinein. Ich hatte ja nur noch zwei Jahre, dann war ich frei mit Pension, konnte nach Europa zurückkehren, noch einmal ein Leben anfangen. Eigentlich tat ich nichts mehr als warten, stilliegen und warten. Und so säße ich heute noch, wenn nicht sie ... wenn das nicht gekommen wäre.«

Die Stimme im Dunkeln hielt inne. Auch die Pfeife glimmte nicht mehr. So still war es, daß ich mit einem Male wieder das Wasser hörte, das sich schäumend am Kiel brach, und den fernen, dumpfen Herzstoß der Maschine. Ich hätte mir gern eine Zigarette angezündet, aber ich hatte Furcht vor dem grellen Aufschlag des Zündholzes und dem Reflex in seinem Gesicht. Er schwieg und schwieg. Ich wußte nicht, ob er zu Ende sei, ob er duselte, ob er schlief, so tot war sein Schweigen.

Da schlug die Schiffsglocke einen geraden, kräftigen Schlag: ein Uhr. Er fuhr auf; ich hörte wieder das Glas klingen. Offenbar tastete die Hand suchend zum Whisky hinab. Ein Schluck gluckste leise – dann plötzlich begann die Stimme wieder, aber jetzt gleichsam gespannter, leidenschaftlicher.

»Ja also ... warten Sie ... ja also, das war so. Ich sitze da droben in meinem verfluchten Nest, sitze wie die Spinne im Netz regungslos seit Monaten schon. Es war gerade nach der Regenzeit, Wochen und Wochen hatte es auf das Dach geplätschert, kein Mensch war gekommen, kein Europäer, täglich, täglich hatte ich dagesessen mit meinen gelben Weibern im Haus und meinem guten Whisky. Ich war damals gerade ganz ›down‹, ganz europakrank; wenn ich irgendeinen Roman las von hellen Straßen und weißen Frauen, begannen mir die Finger zu zittern. Ich kann Ihnen den Zustand nicht ganz schildern, es ist eine Art Tropenkrankheit, eine wütige, fiebrige und doch kraftlose Nostalgie, die einen manchmal packt. So saß ich damals, ich glaube über einem Atlas, und träumte mir Reisen aus. Da klopft es aufgeregt an die Tür, der Boy steht draußen und eines von den Weibern, beide haben die Augen ganz aufgerissen vor Erstaunen. Sie machen große Gebärden: eine Dame sei hier, eine Lady, eine weiße Frau.

Ich fahre auf. Ich habe keinen Wagen kommen gehört, kein Automobil. Eine weiße Frau hier in dieser Wildnis?
Ich will die Treppe hinab, reiße mich aber noch zurück. Ein Blick in den Spiegel, hastig richte ich mich ein wenig zurecht. Ich bin nervös, unruhig, irgendwie gequält von unangenehmem Vorgefühl, denn ich weiß niemanden auf der Welt, der aus Freundschaft zu mir käme. Endlich gehe ich hinunter.
Im Vorraum wartet die Dame und kommt mir hastig entgegen. Ein dicker Automobilschleier verhüllt ihr Gesicht. Ich will sie begrüßen, aber sie fängt mir rasch das Wort ab. ›Guten Tag, Doktor‹, sagt sie auf englisch in einer fließenden (etwas zu leicht fließenden und wie im voraus eingelernten) Art. ›Verzeihen Sie, daß ich sie überfalle. Aber wir waren gerade in der Station, unser Auto hält drüben‹ – warum fährt sie nicht bis vors Haus, schießt es mir blitzschnell durch den Kopf – ›da erinnerte ich mich, daß Sie hier wohnen. Ich habe schon so viel von Ihnen gehört, Sie haben ja eine wirkliche Zauberei mit dem Vizeresidenten gemacht, sein Bein ist wieder tadellos allright, er spielt Golf wie früher. Ah, ja, alles spricht noch davon drunten bei uns, und wir wollten alle unseren brummigen Surgeon und noch die zwei andern hergeben, wenn Sie zu uns kämen. Überhaupt, warum sieht man Sie nie drunten, Sie leben ja wie ein Joghi ...‹
Und so plappert sie weiter, hastig und immer hastiger, ohne mich zu Worte kommen zu lassen. Etwas Nervöses und Fahriges ist in diesem talkigen Geschwätz, und ich werde selbst unruhig davon. Warum

spricht sie so viel, frage ich mich innerlich, warum stellt sie sich nicht vor, warum nimmt sie den Schleier nicht ab? Hat sie Fieber? Ist sie krank? Ist sie toll? Ich werde immer nervöser, weil ich die Lächerlichkeit empfinde, so stumm vor ihr zu stehen, übergossen von ihrer prasselnden Geschwätzigkeit. Endlich stoppt sie ein wenig, und ich kann sie hinaufbitten. Sie macht dem Boy eine Bewegung, zurückzubleiben, und geht vor mir die Treppe empor.

›Nett haben Sie es hier‹, sagt sie, in meinem Zimmer sich umsehend. ›Ah, die schönen Bücher! die möchte ich alle lesen!‹ Sie tritt an das Regal und mustert die Büchertitel. Zum erstenmal, seit ich ihr entgegengetreten, schweigt sie für eine Minute.

›Darf ich Ihnen einen Tee anbieten?‹ frage ich.

Sie wendet sich nicht um und sieht nur auf die Büchertitel. ›Nein, danke, Doktor ... wir müssen gleich wieder weiter ... ich habe nicht viel Zeit ... war ja nur ein kleiner Ausflug ... Ach, da haben Sie auch den Flaubert, den liebe ich so sehr ... wundervoll, ganz wundervoll, die ‹Education sentimentale›, ... ich sehe, Sie lesen auch französisch ... Was Sie alles können! ... ja, die Deutschen, die lernen alles auf der Schule ... Wirklich großartig, so viel Sprachen zu können! ... Der Vizeresident schwört auf Sie, sagt immer, Sie seien der einzige, dem er unter das Messer ginge ... unser guter Surgeon drüben taugt gerade zum Bridgespiel ... Übrigens wissen Sie – (sie wendete sich noch immer nicht um) heute kams mir selbst in den Sinn, ich sollte Sie einmal konsultieren ... und weil wir eben vorüberfuhren, dachte ich ... nun, Sie haben jetzt wohl zu tun ... ich komme lieber ein andermal.‹

›Deckst du endlich die Karten auf!‹ dachte ich mir sofort. Aber ich ließ nichts merken, sondern versicherte ihr, es würde mir nur eine Ehre sein, jetzt und wann immer sie wolle, ihr zu dienen.

›Es ist nichts Ernstes‹, sagte sie, sich halb umwendend und gleichzeitig in einem Buch blätternd, das sie vom Regal genommen hatte, ›nichts Ernstes ... Kleinigkeiten ... Weibersachen ... Schwindel, Ohnmachten. Heute früh schlug ich, als wir eine Kurve machten, plötzlich hin, raide morte ... der Boy mußte mich aufrichten im Auto und Wasser holen ... nun, vielleicht ist der Chauffeur zu rasch gefahren ... meinen Sie nicht, Doktor?‹

›Ich kann das so nicht beurteilen. Haben Sie öfter derlei Ohnmachten?‹

›Nein ..., das heißt ja ... in der letzten Zeit ... gerade in der allerletzten Zeit ... ja ... solche Ohnmachten und Übelkeiten.‹

Sie steht schon wieder vor dem Bücherschrank, tut das Buch hinein, nimmt ein anderes heraus und blättert darin. Merkwürdig, warum blättert sie immer so ... so nervös, warum schaut sie unter dem Schleier nicht auf? Ich sage mit Absicht nichts. Es reizt mich, sie warten zu lassen. Endlich fängt sie wieder an in ihrer nonchalanten, plapperigen Art.

›Nicht wahr, Doktor, nichts Bedenkliches das? Keine Tropensache ... nichts Gefährliches ... ‹

›Ich müßte erst sehen, ob Sie Fieber haben. Darf ich um Ihren Puls bitten ... ‹

Ich gehe auf sie zu. Sie weicht leicht zur Seite.
›Nein, nein, ich habe kein Fieber ... gewiß, ganz gewiß nicht ... ich habe mich selbst gemessen, jeden Tag, seit ... seit diese Ohnmachten kamen. Nie Fieber, immer tadellos 36,4 auf den Strich. Auch mein Magen ist gesund.‹
Ich zögere einen Augenblick. Die ganze Zeit schon prickelt in mir ein Argwohn: ich spüre, diese Frau will etwas von mir, man kommt nicht in eine Wildnis, um über Flaubert zu sprechen. Eine, zwei Minuten lasse ich sie warten. ›Verzeihen Sie‹, sage ich dann geradewegs, ›darf ich einige Fragen ganz frei stellen?‹
›Gewiß, Doktor! Sie sind doch Arzt‹, antwortete sie, aber schon wendet sie mir wieder den Rücken und spielt mit den Büchern.
›Haben Sie Kinder gehabt?‹
›Ja, einen Sohn.‹
›Und haben Sie ... haben Sie vorher ... ich meine damals ... haben Sie da ähnliche Zustände gehabt?‹
›Ja.‹
Ihre Stimme ist jetzt ganz anders. Ganz klar, ganz bestimmt, gar nicht mehr plapprig, gar nicht mehr nervös. ›Und wäre es möglich, daß Sie ... verzeihen Sie die Frage ... daß Sie jetzt in einem ähnlichen Zustande sind?‹
›Ja.‹
Wie ein Messer scharf und schneidend läßt sie das Wort fallen. In ihrem abgewandten Kopf zuckt nicht eine Linie.
›Vielleicht wäre es da am besten, gnädige Frau, ich nehme eine allgemeine Untersuchung vor ... darf ich

Sie vielleicht bitten, sich ... sich in das andere Zimmer hinüber zu bemühen?‹
Da wendet sie sich plötzlich um. Durch den Schleier fühle ich einen kalten, entschlossenenen Blick mir gerade entgegen. ›Nein ... das ist nicht nötig ... ich habe volle Gewißheit über meinen Zustand.‹«

Die Stimme zögerte einen Augenblick. Wieder blinkert im Dunkel das gefüllte Glas.
»Also hören Sie ... aber versuchen Sie zuerst einen Augenblick sich das zu überdenken. Da drängt sich zu einem, der in seiner Einsamkeit vergeht, eine Frau herein, die erste weiße Frau betritt seit Jahren das Zimmer ... und plötzlich spüre ichs, es ist etwas Böses im Zimmer, eine Gefahr. Irgendwie überliefs mich: mir graute vor der stählernen Entschlossenheit dieses Weibes, die da mit plapprigen Reden hereingekommen war und dann mit einemmal ihre Forderung zückt, wie ein Messer. Denn was sie von mir wollte, wußte ich ja, wußte ich sofort – es war nicht das erstemal, daß Frauen so etwas von mir verlangten, aber sie kamen anders, kamen verschämt oder flehend, kamen mit Tränen und Beschwörungen. Hier aber war eine ... ja, eine stählerne, eine männliche Entschlossenheit ... von der ersten Sekunde spürte ichs, daß diese Frau stärker war als ich ... daß sie mich in ihren Willen zwingen konnte, wie sie wollte ... Aber ... aber ... es war auch etwas Böses in mir ... der Mann, der sich wehrte, irgendeine Erbitterung, denn ... ich sagte es ja schon ... von der ersten Sekunde, ja, noch ehe ich sie gesehen, empfand ich diese Frau als Feind.

Ich schwieg zunächst. Schwieg hartnäckig und erbittert. Ich spürte, daß sie mich unter dem Schleier ansah – gerade und fordernd ansah, daß sie mich zwingen wollte zu sprechen. Aber ich gab nicht so leicht nach. Ich begann zu sprechen, aber ... ausweichend ... ja unbewußt ahmte ich ihre plapprige, gleichgültige Art nach. Ich tat, als ob ich sie nicht verstünde, denn – ich weiß nicht, ob Sie das nachfühlen können – ich wollte sie zwingen, deutlich zu werden, ich wollte nicht anbieten, sondern ... gebeten sein ... gerade von ihr, weil sie so herrisch kam ... und weil ich wußte, daß ich bei Frauen nichts so unterliege als dieser hochmütigen kalten Art.

Ich redete also herum, dies sei ganz unbedenklich, solche Ohnmachten gehörten zum regulären Lauf der Dinge, im Gegenteil, sie verbürgten beinahe eine gute Entwicklung. Ich zitierte Fälle aus den klinischen Zeitungen ... ich sprach, ich sprach, lässig und leicht, immer die Angelegenheit ganz wie eine Banalität betrachtend und ... wartete immer, daß sie mich unterbrechen würde. Denn ich wußte, sie würde es nicht ertragen.

Da fuhr sie schon scharf dazwischen, mit einer Handbewegung gleichsam das ganze beruhigende Gerede wegstreifend.

›Das ist es nicht, Doktor, was mich unsicher macht. Damals, als ich meinen Buben bekam, war ich in bester Verfassung ... aber jetzt bin ich nicht mehr allright ... ich habe Herzzustände ...‹

›Ach, Herzzustände‹, wiederholte ich, scheinbar beunruhigt, ›da will ich doch gleich nachsehen.‹ Und ich

machte eine Bewegung, als ob ich aufstehen und das Hörrohr holen wollte.
Aber schon fuhr sie dazwischen. Die Stimme war jetzt ganz scharf und bestimmt – wie am Kommandoplatz.
›Ich *habe* Herzzustände, Doktor, und ich muß Sie bitten, zu glauben, was ich Ihnen sage. Ich möchte nicht viel Zeit mit Untersuchungen verlieren – Sie könnten mir, meine ich, etwas mehr Vertrauen entgegenbringen. Ich wenigstens habe mein Vertrauen zu Ihnen genug bezeugt.‹
Jetzt war es schon Kampf, offene Herausforderung. Und ich nahm sie an.
›Zum Vertrauen gehört Offenheit, rückhaltlose Offenheit. Reden Sie klar, ich bin Arzt. Und vor allem, nehmen Sie den Schleier ab, setzen Sie sich her, lassen Sie die Bücher und die Umwege. Man kommt nicht zum Arzt im Schleier.‹
Sie sah mich an, aufrecht und stolz. Einen Augenblick zögerte sie. Dann setzte sie sich nieder, zog den Schleier hoch. Ich sah ein Gesicht, ganz so wie ich es – gefürchtet hatte, ein undurchdringliches Gesicht, hart, beherrscht, von einer alterslosen Schönheit, ein Gesicht mit grauen englischen Augen, in denen alles Ruhe schien und hinter die man doch alles Leidenschaftliche träumen konnte. Dieser schmale, verpreßte Mund gab kein Geheimnis her, wenn er nicht wollte. Eine Minute lang sahen wir einander an – sie befehlend und fragend zugleich, mit einer so kalten, stählernen Grausamkeit, daß ich es nicht ertrug und unwillkürlich zur Seite blickte.

Sie klopfte leicht mit dem Knöchel auf den Tisch. Also auch in ihr war Nervosität. Dann sagte sie plötzlich rasch: ›Wissen Sie, Doktor, was ich von Ihnen will, oder wissen Sie es nicht?‹

›Ich glaube es zu wissen. Aber seien wir lieber ganz deutlich. Sie wollen Ihrem Zustand ein Ende bereiten ... Sie wollen, daß ich Sie von Ihrer Ohnmacht, Ihren Übelkeiten befreie, indem ich ... indem ich die Ursache beseitige. Ist es das?‹

›Ja.‹

Wie ein Fallbeil zuckte das Wort.

›Wissen Sie auch, daß solche Versuche gefährlich sind ... für beide Teile ...?‹

›Ja.‹

›Daß es gesetzlich mir untersagt ist?‹

›Es gibt Möglichkeiten, wo es nicht untersagt, sondern sogar geboten ist.‹

›Aber diese erfordern eine ärztliche Indikation.‹

›So werden Sie diese Indikation finden. Sie sind Arzt.‹

Klar, starr, ohne zu zucken, blickten mich ihre Augen dabei an. Es war ein Befehl, und ich Schwächling bebte in Bewunderung vor der dämonischen Herrischkeit ihres Willens. Aber ich krümmte mich noch, ich wollte nicht zeigen, daß ich schon zertreten war. – ›Nur nicht zu rasch! Umstände machen! Sie zur Bitte zwingen‹, funkelte in mir irgendein Gelüst.

›Das liegt nicht immer im Willen des Arztes. Aber ich bin bereit, mit einem Kollegen im Krankenhaus ... ‹

›Ich will Ihren Kollegen nicht ... ich bin zu Ihnen gekommen.‹

›Darf ich fragen, warum gerade zu mir?‹
Sie sah mich kalt an.
›Ich habe keine Bedenken, es Ihnen zu sagen. Weil Sie abseits wohnen, weil Sie mich nicht kennen – weil Sie ein guter Arzt sind, und weil Sie ... ‹ – jetzt zögerte sie zum ersten Male – ›wohl nicht mehr lange in dieser Gegend bleiben werden, besonders wenn Sie ... wenn Sie eine größere Summe nach Hause bringen können.‹
Mich überliefs kalt. Diese eherne, diese Merchant-, diese Kaufmannsklarheit der Berechnung betäubte mich. Bisher hatte sie ihre Lippen noch nicht zur Bitte aufgetan – aber alles längst auskalkuliert, mich erst umlauert und dann aufgespürt. Ich spürte, wie das Dämonische ihres Willens in mich eindrang, aber ich wehrte mich mit all meiner Erbitterung. Noch einmal zwang ich mich, sachlich – ja fast ironisch zu sein.
›Und diese große Summe würden Sie ... würden Sie mir zur Verfügung stellen?‹
›Für Ihre Hilfe und sofortige Abreise.‹
›Wissen Sie, daß ich dadurch meine Pension verliere?‹
›Ich werde sie Ihnen entschädigen.‹
›Sie sind sehr deutlich ... Aber ich will noch mehr Deutlichkeit. Welche Summe haben Sie als Honorar in Aussicht genommen?‹
›Zwölftausend Gulden, zahlbar auf Scheck in Amsterdam.‹
Ich ... zitterte ... ich zitterte vor Zorn und ... ja auch vor Bewunderung. Alles hatte sie berechnet, die Summe und die Art der Zahlung, durch die ich zur

Abreise genötigt war, sie hatte mich eingeschätzt und gekauft, ohne mich zu kennen, hatte über mich verfügt im Vorgefühl ihres Willens. Am liebsten hätte ich ihr ins Gesicht geschlagen ... Aber wie ich zitternd aufstand – auch sie war aufgestanden – und ihr gerade Auge in Auge starrte, da überkam mich plötzlich bei dem Blick auf diesen verschlossenen Mund, der nicht bitten, auf ihre hochmütige Stirn, die sich nicht beugen wollte ... eine ... eine Art gewalttätiger Gier. Sie mußte irgend etwas davon fühlen, denn sie spannte ihre Augenbrauen hoch, wie wenn man jemand Lästigen wegweisen will: der Haß zwischen uns war plötzlich nackt. Ich wußte, sie haßte mich, weil sie mich brauchte, und ich haßte sie, weil ... weil sie nicht bitten wollte. Diese eine, diese eine Sekunde Schweigen sprachen wir zum erstenmal ganz aufrichtig zueinander. Dann biß sich plötzlich wie ein Reptil mir ein Gedanke ein, und ich sagte ihr ... ich sagte ihr ...
Aber warten Sie, so würden Sie es falsch verstehen, was ich tat ... was ich sagte ... ich muß Ihnen erst erklären, wie ... wieso dieser wahnsinnige Gedanke in mich kam ...«

Wieder klirrte leise im Dunkel das Glas. Und die Stimme wurde erregter.
»Nicht, daß ich mich entschuldigen will, mich rechtfertigen, mich reinwaschen ... Aber Sie verstehen es sonst nicht ... Ich weiß nicht, ob ich je so etwas wie ein guter Mensch gewesen bin, aber ... ich glaube, hilfreich war ich immer ... In dem dreckigen Leben da drüben war das ja die einzige Freude, die man hatte,

mit der Handvoll Wissenschaft, die man sich ins Hirn gepreßt, irgendeinem Stück Leben den Atem erhalten zu können ... so eine Art Herrgottsfreude ... Wirklich, es waren meine schönsten Augenblicke, wenn so ein gelber Bursch kam, blauweiß vor Schrecken, einen Schlangenbiß im hochgeschwollenen Fuß, und schon heulte, man solle ihm das Bein nicht abschneiden, und ich kriegte es noch fertig, ihn zu retten. Stundenweit bin ich gefahren, wenn irgendein Weib im Fieber lag – auch so wie diese es wollte, habe ich geholfen, schon in Europa drüben in der Klinik. Aber da spürte mans wenigstens, daß dieser Mensch einen *brauchte*, da wußte mans, daß man jemand vom Tode rettete oder vor der Verzweiflung – und das braucht man eben selbst zum Helfen, dies Gefühl, daß der andere einen braucht.

Aber diese Frau – ich weiß nicht, ob ich es Ihnen schildern kann – sie regte mich auf, reizte mich von dem Augenblick, da sie scheinbar promenierend hereinkam, durch ihren Hochmut zu einem Widerstand, sie reizte alles – wie soll ichs sagen – sie reizte alles Gedrückte, alles Versteckte, alles Böse in mir zur Gegenwehr. Daß sie Lady spielte, unnahbar kühl ein Geschäft entrierte, wo es um Tod und Leben ging, das machte mich toll ... Und dann ... dann ... schließlich wird man doch nicht schwanger vom Golfspielen ... ich wußte ... das heißt, ich mußte plötzlich mit einer – und das war jener Gedanke – mit einer entsetzlichen Deutlichkeit mich daran erinnern, daß diese Kühle, diese Hochmütige, diese Kalte, die steil die Augenbrauen über ihre stählernen Augen hochzog, als ich sie nur abwehrend ... ja fast wegstoßend anblickte, daß sie sich zwei oder drei Monate vorher heiß im Bett mit einem Mann gewälzt hatte, nackt wie ein Tier und vielleicht stöhnend vor Lust, die Körper ineinander verbissen wie zwei Lippen ... Das, das war der brennende Gedanke, der mich überfiel, als sie mich so hochmütig, so unnahbar kühl, ganz wie ein englischer Offizier anblickte ... und da, da spannte sich alles in mir ... ich war besessen von der Idee, sie zu erniedrigen ... von dieser Sekunde sah ich durch das Kleid ihren Körper nackt ... von dieser Sekunde an lebte ich nur im Gedanken, sie zu besitzen, ein Stöhnen aus ihren harten Lippen zu pressen, diese Kalte, diese Hochmütige in Wollust zu fühlen so wie jener, jener andere, den ich nicht kannte. Das ... das wollte ich Ihnen erklären ... Ich habe nie, so verkommen ich war, sonst als Arzt die Situation zu nutzen gesucht ... Aber diesmal war es ja nicht Geilheit, nicht Brunst, nichts Sexuelles, wahrhaftig nicht ... ich würde es ja eingestehen ... nur die Gier, eines Hochmuts Herr zu werden ... Herr als Mann ... Ich sagte es Ihnen, glaube ich, schon, daß hochmütige, scheinbar kühle Frauen von je über mich Macht hatten ... aber jetzt, jetzt kam noch dies dazu, daß ich sieben Jahre hier lebte, ohne eine weiße Frau gehabt zu haben, daß ich Widerstand nicht kannte ... Denn diese Mädchen hier, diese zwitschernden kleinen zierlichen Tierchen, die zittern ja vor Ehrfurcht, wenn ein Weißer, ein ›Herr‹, sie nimmt ... sie löschen aus in Demut, immer sind sie einem offen, immer bereit, mit ihrem leisen, glucksenden Lachen einem zu dienen ... aber gerade diese

Unterwürfigkeit, dieses Sklavische verschweint einem den Genuß ... Verstehen Sie jetzt, verstehen Sie es, wie das dann auf mich hinschmetternd wirkte, wenn da plötzlich eine Frau kam, voll von Hochmut und Haß, verschlossen bis an die Fingerspitzen, zugleich funkelnd von Geheimnis und beladen mit früherer Leidenschaft ... wenn eine solche Frau in den Käfig eines solchen Mannes, einer so vereinsamten, verhungerten, abgesperrten Menschenbestie frech eintritt ... Das ... das wollte ich nur sagen, damit Sie das andere verstehen ... das, was jetzt kam. Also ... voll von irgendeiner bösen Gier, vergiftet von dem Gedanken an sie, nackt, sinnlich, hingegeben, ballte ich mich gleichsam zusammen und täuschte Gleichgültigkeit vor. Ich sagte kühl: ›Zwölftausend Gulden? ... Nein, dafür werde ich es nicht tun.‹
Sie sah mich an, ein wenig blaß. Sie spürte wohl schon, daß in diesem Widerstand nicht Geldgier war. Aber doch sagte sie:
›Was verlangen Sie also?‹
Ich ging auf den kühlen Ton nicht mehr ein. ›Spielen wir mit offenen Karten. Ich bin kein Geschäftsmann ... ich bin nicht der arme Apotheker aus Romeo und Julia, der für ›corrupted gold‹ sein Gift verkauft ... ich bin vielleicht das Gegenteil eines Geschäftsmannes ... auf diesem Wege werden Sie Ihren Wunsch nicht erfüllt sehen.‹
›Sie wollen es also nicht tun?‹
›Nicht für Geld.‹
Es wurde ganz still für eine Sekunde zwischen uns. So still, daß ich sie zum erstenmal atmen hörte.

›Was können Sie denn sonst wünschen?‹

Jetzt hielt ich mich nicht mehr.

›Ich wünsche zuerst, daß Sie ... daß Sie zu mir nicht wie zu einem Krämer reden, sondern wie zu einem Menschen. Daß Sie, wenn Sie Hilfe brauchen, nicht ... nicht gleich mit Ihrem schändlichen Geld kommen ... sondern bitten ... mich, den Menschen, bitten, Ihnen, dem Menschen, zu helfen ... Ich bin nicht nur Arzt, ich habe nicht nur Sprechstunden ... ich habe auch andere Stunden ... vielleicht sind Sie in eine solche Stunde gekommen ... ‹

Sie schweigt einen Augenblick. Dann krümmt sich ihr Mund ganz leicht, zittert und sagt rasch:

›Also wenn ich Sie bitten würde ... dann würden Sie es tun?‹

›Sie wollen schon wieder ein Geschäft machen – Sie wollen nur bitten, wenn ich erst verspreche. Erst müssen Sie mich bitten – dann werde ich ihnen antworten.‹

Sie wirft den Kopf hoch wie ein trotziges Pferd. Zornig sieht sie mich an.

›Nein – ich werde Sie nicht bitten. Lieber zugrunde gehen!‹

Da packte mich der Zorn, der rote, sinnlose Zorn.

›Dann werde ich fordern, wenn Sie nicht bitten wollen. Ich glaube, ich muß nicht erst deutlich sein – Sie wissen, was ich von Ihnen begehre. Dann – dann werde ich ihnen helfen.‹

Einen Augenblick starrte sie mich an. Dann – oh, ich kann, ich kann nicht sagen, wie entsetzlich das war – dann spannten sich ihre Züge, und dann ... dann *lachte*

sie mit einem Male ... lachte sie mir mit einer unsagbaren Verächtlichkeit ins Gesicht ... mit einer Verächtlichkeit, die mich zerstäubte ... und die mich berauschte zugleich ... Es war wie eine Explosion, so plötzlich, so aufspringend, so mächtig losgesprengt von einer ungeheuren Kraft, dieses Lachen der Verächtlichkeit, daß ich ... ja, daß ich hätte zu Boden sinken können und ihre Füße küssen. Eine Sekunde dauerte es nur ... es war wie ein Blitz, und ich hatte das Feuer im ganzen Körper ... da wandte sie sich schon und ging hastig auf die Tür zu.
Unwillkürlich wollte ich ihr nach ... mich entschuldigen ... sie anflehen ... meine Kraft war ja ganz zerbrochen ... da kehrte sie sich noch einmal um und sagte ... nein, sie *befahl*:
›Unterstehen Sie sich nicht, mir zu folgen oder nachzuspüren ... Sie würden es bereuen.‹
Und schon krachte hinter ihr die Türe zu.«

Wieder ein Zögern. Wieder ein Schweigen ... Wieder nur dies Rauschen, als ob das Mondlicht strömte. Und dann endlich wieder die Stimme.
»Die Tür schlug zu ... aber ich stand unbeweglich an der Stelle ... ich war gleichsam hypnotisiert von dem Befehl ... ich hörte sie die Treppe hinabsteigen, die Haustür zumachen ... ich hörte alles, und mein ganzer Wille drängte ihr nach ... sie ... ich weiß nicht was ... sie zurückzurufen oder zu schlagen oder zu erdrosseln ... aber ihr nach ... ihr nach ... Und doch konnte ich nicht. Meine Glieder waren gleichsam gelähmt wie von einem elektrischen Schlag ... ich war eben getrof-

fen, getroffen bis ins Mark hinein von dem herrischen Blitz dieses Blickes ... Ich weiß, das ist nicht zu erklären, nicht zu erzählen ... es mag lächerlich klingen, aber ich stand und stand ... ich brauchte Minuten, vielleicht fünf, vielleicht zehn Minuten, ehe ich einen Fuß wegreißen konnte von der Erde ...

Aber kaum daß ich einen Fuß gerührt, war ich schon heiß, war ich schon rasch ... im Nu eilte ich die Treppe hinab ... Sie konnte ja nur die Straße hinabgegangen sein zur Zivilstation ... ich stürzte in den Schuppen, das Rad zu holen, sehe, daß ich den Schlüssel vergessen habe, reiße den Verschlag auf, daß der Bambus splittert und kracht ... und schon schwinge ich mich auf das Rad und sause ihr nach ... ich muß sie ... ich muß sie erreichen, ehe sie zu ihrem Automobil gelangt ... ich muß sie sprechen ...

Die Straße staubt an mir vorbei ... jetzt merke ich erst, wie lange ich oben gestanden haben mußte ... da ... auf der Kurve im Wald knapp vor der Station sehe ich sie, wie sie hastig mit steifem geradem Schritt hineilt, begleitet von dem Boy ... Aber auch sie muß mich gesehen haben, denn sie spricht jetzt mit dem Boy, der zurückbleibt, und geht allein weiter ... Was will sie tun? Warum will sie allein sein? ... Will sie mit mir sprechen, ohne daß er es hört? ... Blindwütig trete ich in die Pedale hinein ... Da springt mir plötzlich quer von der Seite etwas über den Weg ... der Boy ... ich kann gerade noch das Rad zur Seite reißen und krache hin ...

Ich stehe fluchend auf ... unwillkürlich hebe ich die Faust, um dem Tölpel eines hinzuknallen, aber er

springt zur Seite ... Ich rüttle mein Fahrrad hoch, um wieder aufzusteigen ... Aber da springt der Halunke vor, faßt das Rad und sagt in seinem erbärmlichen Englisch: ›You remain here.‹
Sie haben nicht in den Tropen gelebt ... Sie wissen nicht, was das für eine Frechheit ist, wenn ein solcher gelber Halunke einem weißen ›Herrn‹ das Rad faßt und ihm, dem ›Herrn‹, befiehlt, dazubleiben. Statt aller Antwort schlage ich ihm die Faust ins Gesicht ... er taumelt, aber er hält das Rad fest ... seine Augen, seine engen, feigen Augen sind weit aufgerissen in sklavischer Angst ... aber er hält die Stange, hält sie teuflisch fest ... ›You remain here‹, stammelt er noch einmal. Zum Glück hatte ich keinen Revolver bei mir. Ich hätte ihn sonst niedergeknallt. ›Weg, Kanaille!‹ sage ich nur. Er starrt mich geduckt an, läßt aber die Stange nicht los. Ich schlage ihm noch einmal auf den Schädel, er läßt noch immer nicht. Da faßt mich die Wut ... ich sehe, daß sie schon fort, vielleicht schon entkommen ist ... und versetze ihm einen regelrechten Boxerschlag unters Kinn, daß er hinwirbelt. Jetzt habe ich wieder mein Rad ... aber wie ich aufspringe, stockt der Lauf ... bei dem gewaltsamen Zerren hat sich die Speiche verbogen ... Ich versuche mit fiebernden Händen sie geradezudrehen ... Es geht nicht ... so schmeiße ich das Rad quer auf den Weg neben den Halunken hin, der blutend aufsteht und zur Seite weicht ... Und dann – nein, Sie können nicht fühlen, wie lächerlich das dort vor allen Menschen ist, wenn ein Europäer ... nun, ich wußte nicht mehr, was ich tat ... ich hatte nur den einen Gedanken: ihr nach, sie

erreichen ... und so *lief* ich, lief wie ein Rasender die Landstraße entlang vorbei an den Hütten, wo das gelbe Gesindel staunend sich vordrängte, einen weißen Mann, den Doktor, *laufen* zu sehen.
Schweißtriefend kam ich in der Station an ... Meine erste Frage: Wo ist das Auto? ... Eben weggefahren ... Verwundert sehen mich die Leute an: als Rasender muß ich ihnen erscheinen, wie ich da naß und schmierig ankam, die Frage voranschreiend, ehe ich noch stand ... Unten an der Straße sehe ich weiß den Qualm des Autos wirbeln ... es ist ihr gelungen ... gelungen, wie alles ihrer harten, grausam harten Berechnung gelingen muß.
Aber die Flucht hilft ihr nichts ... In den Tropen gibt es kein Geheimnis unter den Europäern ... einer kennt den andern, alles wird zum Ereignis ... Nicht umsonst ist ihr Chauffeur eine Stunde im Bungalow der Regierung gestanden ... in einigen Minuten weiß ich alles ... Weiß, wer sie ist ... daß sie unten in – nun in der Regierungsstadt wohnt, acht Eisenbahnstunden von hier ... daß sie – nun sagen wir, die Frau eines Großkaufmannes ist, rasend reich, vornehm, eine Engländerin ... ich weiß, daß ihr Mann jetzt fünf Monate in Amerika war und nächster Tage eintreffen soll, um sie mit nach Europa zu nehmen ...
Sie aber – und wie Gift brennt sich mir der Gedanke in die Adern hinein – sie kann höchstens zwei oder drei Monate in anderen Umständen sein ...«

»Bisher konnte ich Ihnen noch alles begreiflich machen ... vielleicht nur deshalb, weil ich bis zu diesem

Augenblicke mich noch selbst verstand ... mir als Arzt immer die Diagnose meines Zustandes selbst stellte. Aber von da an begann es wie ein Fieber in mir ... ich verlor die Kontrolle über mich ... das heißt, ich wußte genau, wie sinnlos alles war, was ich tat; aber ich hatte keine Macht mehr über mich ... ich verstand mich selbst nicht mehr ... ich lief nur in der Besessenheit meines Zieles vorwärts ... Übrigens, warten Sie ... vielleicht kann ich es Ihnen doch begreiflich machen ... Wissen Sie, was Amok ist?«

»Amok? ... ich glaube mich zu erinnern ... eine Art Trunkenheit bei den Malaien ... «

»Es ist mehr als Trunkenheit ... es ist Tollheit, eine Art menschlicher Hundswut ... ein Anfall mörderischer, sinnloser Monomanie, der sich mit keiner anderen alkoholischen Vergiftung vergleichen läßt ... ich habe selbst während meines Aufenthaltes einige Fälle studiert – für andere ist man ja immer sehr klug und sehr sachlich – ohne aber je das furchtbare Geheimnis ihres Ursprungs freilegen zu können ... Irgendwie hängt es mit dem Klima zusammen, mit dieser schwülen, geballten Atmosphäre, die auf die Nerven wie ein Gewitter drückt, bis sie einmal losspringen ... Also Amok ... ja, Amok, das ist so: Ein Malaie, irgendein ganz einfacher, ganz gutmütiger Mensch, trinkt sein Gebräu in sich hinein ... er sitzt da, stumpf, gleichmütig, matt ... so wie ich in meinem Zimmer saß ... und plötzlich springt er auf, faßt den Dolch und rennt auf die Straße ... rennt geradeaus, immer nur geradeaus ... ohne zu wissen wohin ... Was ihm in den Weg tritt, Mensch oder Tier, das stößt er nieder mit seinem Kris, und der Blutrausch macht ihn nur noch hitziger ... Schaum tritt dem Laufenden vor die Lippen, er heult wie ein Rasender ... aber er rennt, rennt, rennt, sieht nicht mehr nach rechts, sieht nicht nach links, rennt nur mit seinem gellen Schrei, seinem blutigen Kris in dieses entsetzliche Geradeaus ... Die Leute in den Dörfern wissen, daß keine Macht einen Amokläufer aufhalten kann ... so brüllen sie warnend voraus, wenn er kommt: ›Amok! Amok!‹, und alles flüchtet ... er aber rennt, ohne zu hören, rennt, ohne zu sehen, stößt nieder, was ihm begegnet ... bis man ihn totschießt wie einen tollen Hund oder er selbst schäumend zusammenbricht ...

Einmal habe ich das gesehen, vom Fenster meines Bungalows aus ... es war grauenhaft ... aber nur dadurch, daß ichs gesehen habe, begreife ich mich selbst in jenen Tagen ... denn so, genau so, mit diesem furchtbaren Blick geradeaus, ohne nach rechts oder links zu sehen, mit dieser Besessenheit stürmte ich los ... dieser Frau nach ... Ich weiß nicht mehr, wie ich alles tat, in so rasendem Lauf, in so unsinniger Geschwindigkeit flog es vorbei ... Zehn Minuten, nein, fünf, nein zwei ... nachdem ich alles von dieser Frau wußte, ihren Namen, ihr Haus, ihr Schicksal, jagte ich schon auf einem rasch geborgten Rad in mein Haus zurück, warf einen Anzug in den Koffer, steckte Geld zu mir und fuhr zur Station der Eisenbahn mit meinem Wagen ... fuhr, ohne mich abzumelden beim Distriktbeamten ... ohne einen Vertreter zu ernennen, ließ das Haus offen stehen und liegen, wie es war ... Um mich standen Diener, die Weiber staunten und fragten, ich antwortete nicht, wandte mich nicht um ... fuhr zur Eisenbahn und mit dem nächsten Zug hinab in die Stadt ... Eine Stunde im ganzen, nachdem diese Frau in mein Zimmer getreten, hatte ich meine Existenz hinter mich geworfen und rannte Amok ins Leere hinein ...

Geradeaus rannte ich, mit dem Kopf gegen die Wand ... um sechs Uhr abends war ich angekommen ... um sechs Uhr zehn war ich in ihrem Haus und ließ mich melden ... Es war ... Sie werden es verstehen ... das Sinnloseste, das Stupideste, was ich tun konnte ... aber der Amokläufer rennt ja mit leeren Augen, er sieht nicht, wohin er rennt ... Nach einigen Minuten kam der Diener zurück ... höflich und kühl ... die gnädige Frau sei nicht wohl und könne nicht empfangen ...

Ich taumelte die Türe hinaus ... Eine Stunde schlich ich noch um das Haus herum, besessen von der wahnwitzigen Hoffnung, sie würde vielleicht nach mir suchen ... dann nahm ich mir erst ein Zimmer im Strandhotel und zwei Flaschen Whisky auf das Zimmer ... die und eine doppelte Dosis Veronal halfen mir ... ich schlief endlich ein ... und dieser dumpfe, schlammige Schlaf war die einzige Pause in diesem Rennen zwischen Leben und Tod.«

Die Schiffsglocke klang. Zwei harte, volle Schläge, die noch im weichen Teich der fast reglosen Luft zitternd weiterschwangen und dann verebbten in das leise, unaufhörliche Rauschen, das unter dem Kiele und zwischen der leidenschaftlichen Rede beharrlich

mitlief. Der Mensch im Dunkeln mir gegenüber mußte erschreckt aufgefahren sein, seine Rede stockte. Wieder hörte ich die Hand hinab zur Flasche fingern, wieder das leise Glucksen. Dann begann er, gleichsam beruhigt, mit einer festeren Stimme.
»Die Stunden von diesem Augenblick an kann ich Ihnen kaum erzählen. Ich glaube heute, daß ich damals Fieber hatte, jedenfalls war ich in einer Art Überreiztheit, die an Tollheit grenzte – ein Amokläufer, wie ich Ihnen sagte. Aber vergessen Sie nicht, es war Dienstag nachts, als ich ankam, Samstag aber sollte – dies hatte ich inzwischen erfahren – ihr Gatte mit dem P. & O.-Dampfer von Yokohama eintreffen, es blieben also nur drei Tage, drei knappe Tage für den Entschluß und für die Hilfe. Verstehen Sie das: ich wußte, daß ich ihr sofort helfen mußte, und konnte doch kein Wort zu ihr sprechen. Und gerade dieses Bedürfnis, mein lächerliches, mein tollwütiges Benehmen zu entschuldigen, das hetzte mich weiter. Ich wußte um die Kostbarkeit jedes Augenblickes, ich wußte, daß es für sie um Leben und Tod ginge, und hatte doch keine Möglichkeit, mich nur mit einem Flüstern, mit einem Zeichen ihr zu nähern, denn gerade das Stürmische, das Tölpische meines Nachrennens hatte sie erschreckt. Es war ... ja, warten Sie ... es war, wie wenn einer einem nachrennt, um ihn zu warnen vor einem Mörder, und der andere hält ihn selbst für den Mörder, und so rennt er weiter in sein Verderben ... sie sah nur den Amokläufer in mir, der sie verfolgte, um sie zu demütigen, aber ich ... das war ja der entsetzliche Widersinn ... ich dachte gar

nicht mehr an das ... ich war ja schon ganz vernichtet, ich wollte ihr nur helfen, ihr nur dienen ... einen Mord hätte ich getan, ein Verbrechen, um ihr zu helfen ... Aber sie, sie verstand es nicht. Als ich morgens aufwachte und gleich wieder hinlief zu ihrem Haus, stand der Boy vor der Tür, derselbe Boy, den ich ins Gesicht geschlagen, und wie er mich von ferne sah – er mußte auf mich gewartet haben –, huschte er hinein in die Tür. Vielleicht tat er es nur, um mich im geheimen anzumelden ... vielleicht ... ah, diese Ungewißheit, wie peinigt sie mich jetzt ... vielleicht war schon alles bereit, mich zu empfangen ... aber da, wie ich ihn sah, mich erinnerte an meine Schmach, da war ich es wieder, der nicht wagte, noch einmal den Besuch zu wiederholen ... Die Knie zitterten mir. Knapp vor der Schwelle drehte ich mich um und ging wieder fort ... ging fort, während sie vielleicht in ähnlicher Qual auf mich wartete.

Ich wußte jetzt nicht mehr, was tun in der fremden Stadt, die an meinen Fersen wie Feuer glühte ... Plötzlich fiel mir etwas ein, schon rief ich einen Wagen und fuhr zum Vizeresidenten, zu demselben, dem ich damals in meiner Station geholfen, und ließ mich melden ... Irgend etwas muß schon in meinem äußern Wesen befremdend gewesen sein, denn er sah mich mit einem gleichsam erschreckten Blick an, und seine Höflichkeit hatte etwas Beunruhigtes ... vielleicht erkannte er schon den Amokläufer in mir ... Ich sagte ihm kurz entschlossen, ich erbäte meine Versetzung in die Stadt, ich könne auf meinem Posten nicht mehr länger existieren ... ich

müsse sofort übersiedeln ... Er sah mich ... ich kann Ihnen nicht sagen, wie er mich ansah ... so wie eben ein Arzt einen Kranken ansieht ... ›Ein Nervenzusammenbruch, lieber Doktor‹, sagte er dann, ›ich verstehe das nur zu gut. Nun, es wird sich schon richten lassen; aber warten Sie ... sagen wir vier Wochen ... ich muß erst einen Ersatz finden.‹ ›Ich kann nicht warten, nicht einen Tag‹, antwortete ich. Wieder kam dieser merkwürdige Blick. ›Es muß gehen, Doktor‹, sagte er ernst, ›wir dürfen die Station nicht ohne Arzt lassen. Aber ich verspreche Ihnen, daß ich noch heute alles einleite.‹ Ich blieb stehen, mit verbissenen Zähnen: zum erstenmal spürte ich deutlich, daß ich ein verkaufter Mensch, ein Sklave sei. Schon ballte sich alles zu einem Trotz zusammen, aber er, der Geschmeidige, kam mir zuvor: ›Sie sind menschenentwöhnt, Doktor, und das wird schließlich eine Krankheit. Wir haben uns alle gewundert, daß Sie nie herkamen, nie Urlaub nahmen. Sie brauchen mehr Geselligkeit, mehr Anregung. Kommen Sie doch wenigstens diesen Abend, wir haben heute Empfang bei der Regierung, Sie finden die ganze Kolonie, und manche möchten Sie längst kennenlernen, haben oft nach Ihnen gefragt und Sie hierhergewünscht.‹
Das letzte Wort riß mich auf. Nach mir gefragt? Sollte sie es gewesen sein? Ich war plötzlich ein anderer: sofort dankte ich ihm höflichst für seine Einladung und sicherte mein Kommen pünktlich zu. Und ich war auch pünktlich, viel zu pünktlich. Muß ich Ihnen erst sagen, daß ich, von meiner Ungeduld gejagt, der

erste in dem großen Saale des Regierungsgebäudes war, schweigend umgeben von den gelben Dienern, die mit ihren nackten Sohlen wippend hin und her eilten und mich – wie mir in meinem verwirrten Bewußtsein dünkte – hinterrücks belächelten. Eine Viertelstunde war ich der einzige Europäer inmitten all der geräuschlosen Vorbereitungen und so allein mit mir, daß ich das Ticken der Uhr in meiner Westentasche hörte. Dann kamen endlich ein paar Regierungsbeamte mit ihren Familien, schließlich auch der Gouverneur, der mich in ein längeres Gespräch zog, in dem ich beflissen und, wie ich glaube, geschickt antwortete, bis ... bis ich plötzlich, von einer geheimnisvollen Nervosität befallen, alle Geschmeidigkeit verlor und zu stammeln begann. Obzwar mit dem Rücken gegen die Saaltür gelehnt, spürte ich mit einem Male, daß sie eingetreten, daß sie anwesend sein müßte: ich könnte Ihnen nicht sagen, wieso mich diese plötzliche Gewißheit verwirrend faßte, aber noch während ich mit dem Gouverneur sprach, den Klang seiner Worte im Ohr, spürte ich im Rücken irgendwo ihre Gegenwart. Glücklicherweise endete der Gouverneur bald das Gespräch – ich glaubte, ich hätte mich sonst plötzlich brüsk umgewandt, so stark war dieses geheimnisvolle Ziehen in meinen Nerven, so brennend gereizt meine Begier. Und wirklich, kaum daß ich mich umwandte, sah ich sie schon ganz genau an jener Stelle, wo sie unbewußt mein Gefühl geahnt. Sie stand in einem gelben Ballkleid, das ihre schmalen, reinen Schultern wie mattes Elfenbein vorleuchten ließ, plaudernd inmitten einer

Gruppe. Sie lächelte, aber doch, mir war, als hätte ihr Gesicht einen gespannten Zug. Ich trat näher – sie konnte mich nicht sehen oder wollte mich nicht sehen – und blickte in dieses Lächeln, das gefällig und höflich um die schmalen Lippen zitterte. Und dieses Lächeln berauschte mich von neuem, weil es ... nun weil ich wußte, daß es Lüge war, Kunst oder Technik, Meisterschaft der Verstellung. Mittwoch ist heute, fuhr mir durch den Kopf, Samstag kommt das Schiff mit dem Gatten ... wie kann sie so lächeln, so ... so sicher, so sorglos lächeln und den Fächer lässig in der Hand spielen lassen, statt ihn zu zerkrampfen in Angst? Ich ... ich, der Fremde ... ich zitterte seit zwei Tagen vor jener Stunde ... ich, der Fremde, lebte ihre Angst, ihr Entsetzen mit allen Exzessen des Gefühls mit ... und sie ging auf den Ball und lächelte, lächelte, lächelte ...
Rückwärts setzte die Musik ein. Der Tanz begann. Ein älterer Offizier hatte sie aufgefordert, sie ließ mit einer Entschuldigung den plaudernden Kreis und schritt an seinem Arm gegen den andern Saal zu, an mir vorbei. Wie sie mich erblickte, spannte sich plötzlich ihr Gesicht gewaltsam zusammen – aber nur eine Sekunde lang, dann nickte sie mir mit einem höflichen Erkennen (ehe ich mich noch zu grüßen oder nichtgrüßen entschlossen hatte) wie einem zufälligen Bekannten zu: ›Guten Abend, Doktor‹ und war schon vorbei. Niemand hätte ahnen können, was in diesem graugrünen Blick verborgen war, und ich, ich selbst wußte es nicht. Warum grüßte sie ... warum erkannte sie mich nun mit einmal an? ... War das Abwehr, war

es Annäherung, war es nur die Verlegenheit der Überraschung? Ich kann Ihnen nicht schildern, in welcher Erregtheit ich zurückblieb, alles war aufgewühlt, war explosiv in mir zusammengepreßt, und wie ich sie so sah, lässig walzend am Arme des Offiziers, auf der Stirne den kühlen Glanz der Sorglosigkeit, indes ich doch wußte, daß sie ... daß sie so wie ich nur *daran*... daran dachte ... daß wir zwei hier allein ein furchtbares Geheimnis gemeinsam hatten ... und sie walzte ... in diesen Sekunden wurde meine Angst, meine Gier und meine Bewunderung noch mehr Leidenschaft als jemals. Ich weiß nicht, ob mich jemand beobachtet hat, aber gewiß verriet ich mich in meinem Verhalten noch viel mehr, als sie sich verbarg – ich konnte eben nicht in eine andere Richtung schauen, ich mußte ... ja, ich mußte sie ansehen, ich sog, ja, ich zerrte von ferne an ihrem verschlossenen Gesicht, ob die Maske nicht für eine Sekunde fallen wollte. Und sie mußte diesen starren Blick unangenehm empfunden haben. Als sie am Arme ihres Tänzers zurückschritt, sah sie mich im Blitzlicht einer Sekunde an, scharf befehlend, wie wegweisend: wieder spannte sich jene kleine Falte des hochmütigen Zornes, die ich schon von damals kannte, böse über ihrer Stirn.

Aber ... aber ... ich sagte es Ihnen ja ... ich lief Amok, ich sah nicht nach rechts und nicht nach links. Ich verstand sie sofort – dieser Blick hieß: sei nicht auffällig! bezähme dich! – ich wußte, daß sie ... wie soll ich es sagen? ... daß sie Diskretion des Benehmens hier im offenen Saal von mir wollte ... ich verstand, daß, wenn ich jetzt heimginge, ich morgen gewiß sein könne, von ihr empfangen zu werden ... daß sie es nur jetzt, nur jetzt vermeiden wollte, meiner auffälligen Vertraulichkeit ausgesetzt zu sein, daß sie – und wie sehr mit Recht – von meinem Ungeschick eine Szene fürchtete ... Sie sehen ... ich wußte alles, ich verstand diesen befehlenden grauen Blick, aber ... aber es war zu stark in mir, ich mußte sie sprechen. Und so schwankte ich hin zu der Gruppe, in der sie plaudernd stand, schob mich – obwohl ich nur einige der Anwesenden kannte – ganz an den lockeren Kreis heran nur aus Begier, sie sprechen zu hören, und doch immer scheu mich duckend wie ein geprügelter Hund vor ihrem Blick, wenn er kalt an mir vorbeistreifte, als sei ich eine der Leinenportieren, an der ich lehnte, oder die Luft, die sie leicht bewegte. Aber ich stand, durstig nach einem Wort, das sie zu mir sprechen sollte, nach einem Zeichen des Einverständnisses, stand und stand starren Blickes inmitten des Geplauders wie ein Block. Unbedingt mußte es schon auffällig geworden sein, unbedingt, denn keiner richtete ein Wort an mich, und sie mußte leiden unter meiner lächerlichen Gegenwart.

Wie lange ich so gestanden hätte, ich weiß es nicht ... eine Ewigkeit vielleicht ... ich *konnte* ja nicht fort aus dieser Bezauberung des Willens. Gerade die Hartnäkkigkeit meiner Wut lähmte mich ... Aber sie ertrug es nicht länger ... plötzlich wandte sie sich mit der prachtvollen Leichtigkeit ihres Wesens gegen die Herren und sagte: ›Ich bin ein wenig müde ... ich will heute einmal früher zu Bett gehen ... Gute Nacht!‹ ...

und schon streifte sie mit einem gesellschaftlich fremden Kopfnicken an mir vorbei ... ich sah noch die hochgezogene Falte auf der Stirn und dann nur mehr den Rücken, den weißen, kühlen, nackten Rücken. Eine Sekunde lang dauerte es, bevor ich begriff, daß sie fortging ... daß ich sie nicht mehr sehen, nicht mehr sprechen könnte diesen Abend, diesen letzten Abend der Rettung ... einen Augenblick lang also stand ich noch starr, bis ichs begriff ... dann ... dann ...

Aber warten Sie ... warten Sie ... Sie werden sonst das Sinnlose, das Stupide meiner Tat nicht verstehen ... ich muß Ihnen erst den ganzen Raum schildern ... Es war der große Saal des Regierungsgebäudes, ganz von Lichtern erhellt und fast leer, der ungeheure Saal ... die Paare waren zum Tanz gegangen, die Herren zum Spiel ... nur an den Ecken plauderten einige Gruppen ... der Saal war also leer, jede Bewegung auffällig und im grellen Licht sichtbar ... und diesen großen weiten Saal schritt sie langsam und leicht mit ihren hohen Schultern durch, ab und zu einen Gruß mit ihrer unbeschreiblichen Haltung erwidernd ... mit dieser herrlichen erfrorenen hoheitlichen Ruhe, die mich an ihr so entzückte ... Ich ... ich war zurückgeblieben, ich sagte es Ihnen ja, ich war gleichsam gelähmt, bevor ich es begriff, daß sie fortging ... und da, als ich es begriff, war sie schon am andern Ende des Saales knapp vor der Türe ... Da ... oh, ich schäme mich jetzt noch, es zu denken ... da packte es mich plötzlich an und ich *lief* – hören Sie: ich lief ... ich ging nicht, ich *lief* mit polternden Schuhen, die laut widerhallten, quer durch den Saal ihr nach ... Ich hörte meine Schritte, ich sah alle Blicke erstaunt auf mich gerichtet ... ich hätte vergehen können vor Scham ... noch während ich lief, war mir schon der Wahnsinn bewußt ... aber ich konnte ... ich konnte nicht mehr zurück ... Bei der Tür holte ich sie ein ... Sie wandte sich um ... ihre Augen stießen wie ein grauer Stahl in mich hinein, ihre Nasenflügel zitterten vor Zorn ... ich wollte eben zu stammeln anfangen ... da ... da ... *lachte* sie plötzlich hellauf ... ein helles, unbesorgtes, herzliches Lachen, und sagte laut ... so laut, daß es alle hören konnten ... ›Ach, Doktor, jetzt fällt Ihnen erst das Rezept für meinen Buben ein ... ja, die Herren der Wissenschaft ...‹ Ein paar, die in der Nähe standen, lachten gutmütig mit ... ich begriff, ich taumelte unter der Meisterschaft, mit der sie die Situation gerettet hatte ... griff in die Brieftasche und riß ein leeres Blatt vom Block, das sie lässig nahm, ehe sie ... noch einmal mit einem kalten, dankenden Lächeln ... ging ... Mir war leicht in der ersten Sekunde ... ich sah, daß mein Irrsinn durch ihre Meisterschaft gutgemacht, die Situation gewonnen ... aber ich wußte auch sofort, daß alles für mich verloren sei, daß diese Frau mich um meiner hitzigen Narrheit haßte ... haßte mehr als den Tod ... daß ich nun hundertmal und hundertmal vor ihre Tür kommen könnte und sie mich wegweisen würde wie einen Hund.

Ich taumelte durch den Saal ... ich merkte, daß die Leute auf mich blickten ... ich muß irgendwie sonderbar ausgesehen haben ... Ich ging zum Büfett, trank zwei, drei, vier Gläser Kognak hintereinander ... das rettete mich vor dem Umsinken ... meine Nerven konnten schon nicht mehr, sie waren wie durchgerissen ... Dann schlich ich bei einer Nebentür hinaus, heimlich wie ein Verbrecher ... Um kein Fürstentum der Welt hätte ich jenen Saal nochmals durchschreiten können, wo ihr Lachen noch gell an allen Wänden klebte ... ich ging ... genau weiß ichs nicht mehr zu sagen, wohin ich ging ... in ein paar Kneipen und soff mich an ... soff mich an wie einer, der sich alles Wache wegsaufen will ... aber ... es ward mir nicht dumpf in den Sinnen ... das Lachen stak in mir, schrill und böse ... das Lachen, dieses verfluchte Lachen konnte ich nicht betäuben ... Ich irrte dann noch am Hafen herum ... meinen Revolver hatte ich zu Hause gelassen, sonst hätte ich mich erschossen. Ich dachte an nichts anderes, und mit diesem Gedanken ging ich auch heim ... nur mit diesem Gedanken an das Schubfach links im Kasten, wo mein Revolver lag ... nur mit diesem einen Gedanken.

Daß ich mich dann nicht erschoß ... ich schwöre Ihnen, das war nicht Feigheit ... es wäre für mich eine Erlösung gewesen, den schon gespannten kalten Hahn abzudrücken ... aber wie soll ich es Ihnen erklären ... ich fühlte noch eine Pflicht in mir ... ja, jene Pflicht, zu helfen, jene verfluchte Pflicht ... mich machte der Gedanke wahnsinnig, daß sie mich noch brauchen könnte, daß sie mich brauchte ... es war ja schon Donnerstag morgens, als ich heimkam, und Samstag ... ich sagte es Ihnen ja ... Samstag kam das Schiff, und daß *diese* Frau, diese hochmütige, stolze Frau die Schande vor ihrem Gatten, vor der Welt nicht überleben würde, das wußte ich … Ah, wie mich solche Gedanken gemartert haben an die sinnlos vertane kostbare Zeit, an meine irrwitzige Übereilung, die jede rechtzeitige Hilfe vereitelt hatte … stundenlang, ja stundenlang, ich schwöre es Ihnen, bin ich im Zimmer niedergegangen, auf und ab, und habe mir das Hirn zermartert, wie ich mich ihr nähern, wie ich alles gutmachen, wie ich ihr helfen könnte … denn daß sie mich nicht mehr vorlassen würde in ihrem Haus, das war mir gewiß … ich hatte das Lachen noch in allen Nerven und das Zucken des Zornes um ihre Nasenflügel … stundenlang, wirklich stundenlang bin ich so die drei Meter des schmalen Zimmers auf und ab gerannt … es war schon Tag, es war schon Vormittag …

Und plötzlich schmiß es mich hin zu dem Tisch … ich riß ein Bündel Briefblätter heraus und begann ihr zu schreiben … alles zu schreiben … einen hündisch winselnden Brief, in dem ich sie um Vergebung bat, in dem ich mich einen Wahnsinnigen, einen Verbrecher nannte … in dem ich sie beschwor, sich mir anzuvertrauen … Ich schwor, in der nächsten Stunde zu verschwinden, aus der Stadt, aus der Kolonie, wenn sie wollte: aus der Welt … nur verzeihen sollte sie mir und mir vertrauen, sich helfen zu lassen in der letzten, der allerletzten Stunde … Zwanzig Seiten fieberte ich so hinunter … es muß ein toller, ein unbeschreiblicher Brief wie aus einem Delirium gewesen sein, denn als ich aufstand vom Tisch, war ich in Schweiß gebadet … das Zimmer schwankte, ich mußte ein Glas Wasser trinken … Dann erst versuchte ich den Brief noch einmal zu überlesen, aber mir graute nach den ersten Worten ... zitternd faltete ich ihn zusammen, faßte schon ein Kuvert ... Da plötzlich fuhrs mich durch. Mit einem Male wußte ich das wahre, das entscheidende Wort. Und ich riß noch einmal die Feder zwischen die Finger und schrieb auf das letzte Blatt: ›Ich warte hier im Strandhotel auf ein Wort der Verzeihung. Wenn ich bis sieben Uhr keine Antwort habe, erschieße ich mich.‹

Dann nahm ich den Brief, schellte einem Boy und hieß ihn das Schreiben sofort überbringen. Endlich war alles gesagt – alles!«

Etwas klirrte und kollerte neben uns. Mit einer heftigen Bewegung hatte er die Whiskyflasche umgestoßen; ich hörte, wie seine Hand ihr suchend am Boden nachtastete und sie dann mit einem plötzlichen Schwung faßte: in weitem Bogen warf er die geleerte Flasche über Bord. Einige Minuten schwieg die Stimme, dann fieberte er wieder fort, noch erregter und hastiger als zuvor.

»Ich bin kein gläubiger Christ mehr ... für mich gibt es keinen Himmel und keine Hölle ... und wenn es eine gibt, so fürchte ich sie nicht, denn sie kann nicht ärger sein als jene Stunden, die ich von vormittag bis abends erlebte ... Denken Sie sich ein kleines Zimmer, heiß in der Sonne, immer glühender im Mittagsbrand ... ein kleines Zimmer, nur Tisch und Stuhl und Bett ... Und auf diesem Tisch nichts als eine Uhr und einen Revolver und vor dem Tisch einen Menschen ... einen Menschen, der nichts tut als immer auf diesen Tisch, auf den Sekundenzeiger der Uhr starren ... einen Menschen, der nicht ißt und nicht trinkt und nicht raucht und sich nicht regt ... der immer nur ... hören Sie: immer nur, drei Stunden lang ... auf den weißen Kreis des Zifferblattes starrt und auf den Zeiger, der tickend den Kreis umläuft ... So ... so ... habe ich diesen Tag verbracht, nur gewartet, gewartet, gewartet ... aber gewartet wie ... wie eben ein Amokläufer etwas tut, sinnlos, tierisch, mit dieser rasenden, geradlinigen Beharrlichkeit.

Nun ... ich werde Ihnen diese Stunden nicht schildern ... das läßt sich nicht schildern ... ich verstehe ja selbst nicht mehr, wie man das erleben kann ohne ... ohne wahnsinnig zu werden ... Also ... um drei Uhr zweiundzwanzig Minuten ... ich weiß es genau, ich starrte ja auf die Uhr ... klopfte es plötzlich an die Tür ... Ich springe auf ... springe, wie ein Tiger auf seine Beute springt, mit einem Ruck durch das ganze Zimmer zur Tür, reiße sie auf ... ein ängstlicher kleiner Chinesenjunge steht draußen, einen zusammengefalteten Zettel in der Hand, und während ich gierig danach greife, huscht er schon weg und ist verschwunden.

Ich reiße den Zettel auf, will ihn lesen ... und kann ihn nicht lesen ... Mir schwankt es rot vor den Augen ... denken Sie die Qual, ich habe endlich, endlich das Wort von ihr ... und nun zittert und tanzt es mir vor den Pupillen ... Ich tauche den Kopf ins Wasser ... nun wirds mir klarer ... Nochmals nehme ich den Zettel und lese:

›Zu spät! Aber warten Sie zu Hause. Vielleicht rufe ich Sie noch.‹

Keine Unterschrift auf dem zerknüllten Papier, das von irgendeinem alten Prospekt abgefetzt war ... hastige, verworrene Bleistiftzüge einer sonst sicheren Schrift ... ich weiß nicht, warum mich das Blatt so erschütterte ... Irgend etwas von Grauen, von Geheimnis haftete ihm an, es war wie auf einer Flucht geschrieben, stehend an einer Fensternische oder in einem fahrenden Wagen ... Etwas Unbeschreibliches von Angst, von Hast, von Entsetzen schlug kalt von diesem heimlichen Zettel mir in die Seele ... und doch ... und doch, ich war glücklich: sie hatte mir geschrieben, ich mußte noch nicht sterben, ich durfte ihr helfen ... vielleicht ... ich durfte ... oh, ich verlor mich ganz in den wahnwitzigsten Konjekturen und Hoffnungen ... Hundertemal, tausendemal habe ich den kleinen Zettel gelesen, ihn geküßt ... ihn durchforscht nach irgendeinem vergessenen, übersehenen Wort ... immer tiefer, immer verworrener wurde meine Träumerei, ein phantastischer Zustand von Schlaf mit offenen Augen ... eine Art Lähmung, irgend etwas ganz Dumpfes und doch Bewegtes zwischen Schlaf und Wachsein, das vielleicht Viertelstunden dauerte, vielleicht Stunden ...
Plötzlich schreckte ich auf ... Hatte es nicht geklopft? ... Ich hielt den Atem an ... eine Minute, zwei Minuten reglose Stille ... Und dann wieder ganz leise, so wie eine Maus knabbert, ein leises aber heftiges Pochen ... Ich sprang auf, noch ganz taumelig, riß die Tür auf – draußen stand der Boy, ihr Boy, derselbe, dem ich den Mund damals mit der Faust zerschlagen ... sein braunes Gesicht war aschfahl, sein verwirrter

Blick sagte Unglück ... Sofort spürte ich Grauen ... ›Was ... was ist geschehen?‹ konnte ich noch stammeln. ›Come quickly‹, sagte er ... sonst nichts ... sofort raste ich die Treppe herunter, er mir nach ... Ein Sado, so ein kleiner Wagen, stand bereit, wir stiegen ein ... ›Was ist geschehen?‹ fragte ich ihn ... Er sah mich zitternd an und schwieg mit verbissenen Lippen ... Ich fragte nochmals – er schwieg und schwieg ... Ich hätte ihm am liebsten wieder ins Gesicht geschlagen mit der Faust, aber ... gerade seine hündische Treue zu ihr rührte mich ... so fragte ich nicht mehr ... Das Wägelchen trabte so hastig durch das Gewirr, daß die Menschen fluchend auseinanderstoben, lief aus dem Europäerviertel am Strand in die niedere Stadt und weiter, weiter ins schreiende Gewirr der Chinesenstadt ... Endlich kamen wir in eine enge Gasse, ganz abseits lag sie ... vor einem niedern Haus hielt er an ... Es war schmutzig und wie in sich zusammengekrochen, vorne ein kleiner Laden mit einem Talglicht ... irgendeine dieser Buden, in die sich die Opiumhäuser oder Bordelle verstecken, ein Diebsnest oder ein Hehlerkeller ... Hastig klopfte der Boy an ... Hinter dem Türspalt zischelte eine Stimme, fragte und fragte ... Ich konnte es nicht mehr ertragen, sprang vom Sitz, stieß die angelehnte Tür auf... ein altes chinesisches Weib flüchtete mit einem kleinen Schrei zurück ... hinter mir kam der Boy, führte mich durch den Gang ... klinkte eine andere Tür auf ... eine andere Türe in einen dunklen Raum, der übel roch von Branntwein und gestocktem Blut ... Irgendetwas stöhnte darin ... ich tappte hin ...«

Wieder stockte die Stimme. Und was dann ausbrach, war mehr ein Schluchzen als ein Sprechen.

»Ich … ich tappte hin … und dort … dort lag auf einer schmutzigen Matte … verkrümmt vor Schmerz … ein stöhnendes Stück Mensch … dort lag sie …

Ich konnte ihr Gesicht nicht sehen im Dunkel … Meine Augen waren noch nicht gewöhnt … so tastete ich nur hin … ihre Hand … heiß … brennend heiß … Fieber, hohes Fieber … und ich schauerte … ich wußte sofort alles … sie war hierher geflüchtet vor mir … hatte sich verstümmeln lassen von irgendeiner schmutzigen Chinesin, nur weil sie hier mehr Schweigsamkeit erhoffte … hatte sich morden lassen von irgendeiner teuflischen Hexe, lieber als mir zu vertrauen … nur weil ich Wahnsinniger … weil ich ihren Stolz nicht geschont, ihr nicht gleich geholfen hatte … weil sie den Tod weniger fürchtete als mich …

Ich schrie nach Licht. Der Boy sprang: die abscheuliche Chinesin brachte mit zitternden Händen eine rußende Petroleumlampe … ich mußte mich halten, um der gelben Kanaille nicht an die Gurgel zu springen … sie stellten die Lampe auf den Tisch … der Lichtschein fiel gelb und hell über den gemarterten Leib … Und plötzlich … plötzlich war alles weg von mir, alle Dumpfheit, aller Zorn, all diese unreine Jauche von aufgehäufter Leidenschaft … ich war nur mehr Arzt, helfender, spürender, wissender Mensch … ich hatte mich vergessen … kämpfte mit wachen, klaren Sinnen gegen das Entsetzliche … Ich fühlte den nackten Leib, den ich in meinen Träumen begehrt, nur mehr als ... wie soll ich es sagen ... als Materie, als Organismus ... ich spürte nicht mehr sie, sondern nur das Leben, das sich gegen den Tod wehrte, den Menschen, der sich krümmte in mörderischer Qual ... Ihr Blut, ihr heißes, heiliges Blut überströmte meine Hände, aber ich spürte es nicht in Lust und nicht in Grauen ... ich war nur Arzt ... ich sah nur das Leiden ... und sah ...

Und sah sofort, daß alles verloren war, wenn nicht ein Wunder geschehe ... sie war verletzt und halb verblutet unter der verbrecherisch ungeschickten Hand ... und ich hatte nichts, um das Blut zu stillen in dieser stinkenden Höhle, nicht einmal reines Wasser ... alles, was ich anrührte, starrte vor Schmutz ...

›Wir müssen sofort ins Spital‹, sagte ich. Aber kaum daß ichs gesagt, bäumte sich krampfig der gemarterte Leib auf. ›Nein ... nein ... lieber sterben ... niemand es erfahren ... niemand es erfahren ... nach Hause ... nach Hause ... ‹

Ich verstand ... nur mehr um das Geheimnis, um ihre Ehre rang sie ... nicht um ihr Leben ... Und – ich gehorchte ... Der Boy brachte eine Sänfte ... wir betteten sie hinein ... und so ... wie eine Leiche schon, matt und fiebernd ... trugen wir sie durch die Nacht ... nach Hause ... die fragende, erschreckte Dienerschaft abwehrend ... wie Diebe trugen wir sie hinein in ihr Zimmer und sperrten die Türen ... Und dann ... dann begann der Kampf, der lange Kampf gegen den Tod ... «

Plötzlich krampfte sich eine Hand in meinen Arm, daß ich fast aufschrie vor Schreck und Schmerz. Im Dunkeln war mir das Gesicht mit einemmal fratzenhaft nah, ich sah die weißen Zähne, wie sie sich bleckten in plötzlichem Ausbruch, sah die Augengläser im fahlen Reflex des Mondlichts wie zwei riesige Katzenaugen glimmen. Und jetzt sprach er nicht mehr – er schrie, geschüttelt von einem heulenden Zorn:

»Wissen Sie denn, Sie fremder Mensch, der Sie hier lässig auf einem Deckstuhl sitzen, ein Spazierfahrer durch die Welt, wissen Sie, wie das ist, wenn ein Mensch stirbt? Sind Sie schon einmal dabeigewesen, haben Sie es gesehen, wie der Leib sich aufkrümmt, die blauen Nägel ins Leere krallen, wie die Kehle röchelt, jedes Glied sich wehrt, jeder Finger sich stemmt gegen das Entsetzliche, und wie das Auge aufspringt in einem Grauen, für das es keine Worte gibt? Haben Sie das schon einmal erlebt, Sie Müßiggänger, Sie Weltfahrer, Sie, der Sie vom Helfen reden als von einer Pflicht? Ich habe es oft gesehen als Arzt, habe es gesehen als ... als klinischen Fall, als Tatsache ... habe es sozusagen studiert – aber *erlebt* habe ichs nur einmal, miterlebt, mitgestorben bin ich nur damals in jener Nacht ... in jener entsetzlichen Nacht, wo ich saß und mir das Hirn zerpreßte, um etwas zu wissen, etwas zu finden, zu erfinden gegen das Blut, das rann und rann und rann, gegen das Fieber, das sie vor meinen Augen verbrannte ... gegen den Tod, der immer näher kam und den ich nicht wegdrängen konnte vom Bett. Verstehen Sie, was das heißt, Arzt zu sein, alles wissen gegen alle Krankheiten – die

Pflicht haben, zu helfen, wie Sie so weise sagen – und doch ohnmächtig bei einer Sterbenden zu sitzen, wissend und doch ohne Macht … nur dies eine, dies Entsetzliche wissend, daß man nicht helfen kann, ob man sich auch jede Ader aus seinem Körper aufreißen möchte … einen geliebten Körper zu sehen, wie er elend verblutet, gemartert von Schmerzen, einen Puls zu fühlen, der fliegt und zugleich verlischt … der einem wegfließt unter den Fingern … Arzt zu sein und nichts zu wissen, nichts, nichts, nichts … nur dazusitzen und irgendein Gebet zu stammeln wie ein Hutzelweib in der Kirche, und dann wieder die Fäuste ballen gegen einen erbärmlichen Gott, von dem man weiß, daß es ihn nicht gibt … Verstehen Sie das? Verstehen Sie das? … Ich … ich verstehe nur eines nicht, wie … wie man es macht, daß man nicht mitstirbt in solchen Sekunden … daß man dann noch am nächsten Morgen von einem Schlaf aufsteht und sich die Zähne putzt und eine Krawatte umbindet … daß man noch leben kann, wenn man das miterlebte, was ich fühlte, wie dieser Atem, dieser erste Mensch, um den ich rang und kämpfte, den ich halten wollte mit allen Kräften meiner Seele … wie der wegglitt unter mir … irgendwohin, immer rascher wegglitt, Minute um Minute, und ich nichts wußte in meinem fiebernden Gehirn, um diesen, diesen einen Menschen festzuhalten …

Und dazu, um teuflisch noch meine Qual zu verdoppeln, dazu noch dies … Während ich an ihrem Bett saß – ich hatte ihr Morphium eingegeben, um die Schmerzen zu lindern, und sah sie liegen, mit heißen

Wangen, heiß und fahl – ja ... während ich so saß, spürte ich vom Rücken her immer zwei Augen auf mich gerichtet mit einem fürchterlichen Ausdruck der Spannung ... Der Boy saß dort auf den Boden gekauert und murmelte leise irgendwelche Gebete ... Wenn mein Blick den seinen traf, so ... nein, ich kann es nicht schildern ... so kam etwas so Flehendes, so ... so Dankbares in seinen hündischen Blick, und gleichzeitig hob er die Hände zu mir, als wollte er mich beschwören, sie zu retten ... verstehen Sie: zu mir, zu mir hob er die Hände wie zu einem Gott ... zu mir ... dem ohnmächtigen Schwächling, der wußte, daß alles verloren ... daß ich hier so unnötig sei wie eine Ameise, die am Boden raschelt ... Ah, dieser Blick, wie er mich quälte, diese fanatische, diese tierische Hoffnung auf meine Kunst ... ich hätte ihn anschreien können und mit dem Fuß treten, so weh tat er mir ... und doch, ich spürte, wie wir beide zusammenhingen durch unsere Liebe zu ihr ... durch das Geheimnis ... Ein lauerndes Tier, ein dumpfes Knäuel, saß er zusammengeballt knapp hinter mir ... kaum daß ich etwas verlangte, sprang er auf mit seinen nackten lautlosen Sohlen und reichte es zitternd ... erwartungsvoll her, als sei das die Hilfe ... die Rettung ... Ich weiß, er hätte sich die Adern aufgeschnitten, um ihr zu helfen ... so war diese Frau, solche Macht hatte sie über Menschen ... und ich ... ich hatte nicht die Macht, ein Quentchen Blut zu retten ... O diese Nacht, diese entsetzliche Nacht, diese unendliche Nacht zwischen Leben und Tod!

Gegen Morgen ward sie noch einmal wach ... sie

schlug die Augen auf ... jetzt waren sie nicht mehr hochmütig und kalt ... ein Fieber glitzerte feucht darin, als sie, gleichsam fremd, das Zimmer abtasteten ... Dann sah sie mich an: sie schien nachzudenken, sich erinnern zu wollen an mein Gesicht ... und plötzlich ... ich sah es ... erinnerte sie sich ... denn irgendein Schreck, eine Abwehr ... etwas ... etwas Feindliches, Entsetztes spannte ihr Gesicht ... sie arbeitete mit den Armen, als wollte sie flüchten ... weg, weg, weg von mir ... ich sah, sie dachte an *das* ... an die Stunde von damals ... Aber dann kam ein Besinnen ... sie sah mich ruhiger an, atmete schwer ... ich fühlte, sie wollte sprechen, etwas sagen ... Wieder begannen die Hände sich zu spannen ... sie wollte sich aufheben, aber sie war zu schwach ... Ich beruhigte sie, beugte mich nieder ... da sah sie mich an mit einem langen, gequälten Blick ... ihre Lippen regten sich leise ... es war nur ein letzter erlöschender Laut, wie sie sagte...

›Wird es niemand erfahren? ... Niemand?‹

›Niemand‹, sagte ich mit aller Kraft der Überzeugung, ›ich verspreche es Ihnen.‹

Aber ihr Auge war noch unruhig ... Mit fiebriger Lippe ganz undeutlich arbeitete sie's heraus.

›Schwören Sie mir ... niemand erfahren ... schwören.‹

Ich hob die Finger wie zum Eid. Sie sah mich an ... mit einem ... einem unbeschreiblichen Blick ... weich war er, warm, dankbar ... ja, wirklich, wirklich dankbar ... Sie wollte noch etwas sprechen, aber es ward ihr zu schwer. Lang lag sie, ganz matt von der Anstrengung, mit geschlossenen Augen. Dann begann das Entsetzliche ... das Entsetzliche ... eine ganz schwere Stunde kämpfte sie noch: erst morgens war es zu Ende ... «

Er schwieg lange. Ich merkte es nicht eher, als vom Mitteldeck die Glocke in die Stille schlug, ein, zwei, drei harte Schläge – drei Uhr. Das Mondlicht war matter geworden, aber irgendeine andere gelbe Helle zitterte schon unsicher in der Luft, und Wind flog manchmal leicht wie eine Brise her. Eine halbe, eine Stunde mehr, und dann war es Tag, war dies Grauen ausgelöscht im klaren Licht. Ich sah seine Züge jetzt deutlicher, da die Schatten nicht mehr so dicht und schwarz in unsern Winkel fielen – er hatte die Kappe abgenommen, und unter dem blanken Schädel schien sein verquältes Gesicht noch schreckhafter. Aber schon wandten sich die glitzernden Brillengläser wieder mir zu, er straffte sich zusammen, und seine Stimme hatte einen höhnischen, scharfen Ton.

»Mit ihr wars nun zu Ende – aber nicht mit mir. Ich war allein mit der Leiche – aber allein in einem fremden Haus, allein in einer Stadt, die kein Geheimnis duldet, und ich ... ich hatte das Geheimnis zu hüten ... Ja, denken Sie sich das nur aus, die ganze Situation: eine Frau aus der besten Gesellschaft der Kolonie, vollkommen gesund, die noch abends zuvor auf dem Regierungsball getanzt hat, liegt plötzlich tot in ihrem Bett ... ein fremder Arzt ist bei ihr, den angeblich ihr Diener gerufen ... niemand im Haus hat gesehen, wann und woher er kam ... man hat sie nachts auf einer Sänfte hereingetragen und dann die Türen geschlossen ... und morgens ist sie tot ... dann erst hat man die Diener gerufen, und plötzlich gellt das Haus von Geschrei ... im Nu wissen es die Nachbarn, die ganze Stadt ... und nur einer ist da, der das alles erklären soll ... ich, der fremde Mensch, der Arzt aus einer entlegenen Station ... Eine erfreuliche Situation, nicht wahr? ...

Ich wußte, was mir bevorstand. Glücklicherweise war der Boy bei mir, der brave Bursche, der mir jeden Wink von den Augen las – auch dieses gelbe dumpfe Tier verstand, daß hier noch ein Kampf ausgetragen werden müsse. Ich hatte ihm nur gesagt: ›Die Frau will, daß niemand erfährt, was geschehen ist.‹ Er sah mir in die Augen mit seinem hündisch feuchten und doch entschlossenen Blick: ›Yes, Sir‹, mehr sagte er nicht. Aber er wusch die Blutspuren vom Boden, richtete alles in beste Ordnung – und gerade seine Entschlossenheit gab mir die meine wieder.

Nie im Leben, das weiß ich, habe ich eine ähnlich zusammengeballte Energie gehabt, nie werde ich sie wieder haben. Wenn man alles verloren hat, dann kämpft man um das Letzte wie ein Verzweifelter – und das Letzte war ihr Vermächtnis, das Geheimnis. Ich empfing voll Ruhe die Leute, erzählte ihnen allen die gleiche erdichtete Geschichte, wie der Boy, den sie um den Arzt gesandt hatte, mich zufällig auf dem Wege traf. Aber während ich scheinbar ruhig redete, wartete ... wartete ich immer auf das Entscheidende ... auf den Totenbeschauer, der erst kommen mußte, ehe wir sie in den Sarg verschließen konnten und das

Geheimnis mit ihr ... Es war, vergessen Sie nicht, Donnerstag, und Samstag kam ihr Gatte ...
Um neun Uhr hörte ich endlich, wie man den Amtsarzt anmeldete. Ich hatte ihn rufen lassen – er war mein Vorgesetzter im Rang und gleichzeitig mein Konkurrent, derselbe Arzt, von dem sie seinerzeit so verächtlich gesprochen und der offenbar meinen Wunsch nach Versetzung bereits erfahren hatte. Bei seinem ersten Blick spürte ichs schon: er war mir Feind. Aber gerade das straffte meine Kraft.
Im Vorzimmer fragte er schon: ›Wann ist Frau ... – er nannte ihren Namen – gestorben?‹
›Um sechs Uhr morgens.‹
›Wann sandte sie zu Ihnen?‹
›Um elf Uhr abends.‹
›Wußten Sie, daß ich ihr Arzt war?‹
›Ja, aber es tat Eile not ... und dann ... die Verstorbene hatte ausdrücklich mich verlangt. Sie hatte verboten, einen andern Arzt rufen zu lassen.‹
Er starrte mich an: in seinem bleichen, etwas verfetteten Gesicht flog eine Röte hoch, ich spürte, daß er erbittert war. Aber gerade das brauchte ich – alle meine Energien drängten sich zu rascher Entscheidung, denn ich spürte, lange hielten es meine Nerven nicht mehr aus. Er wollte etwas Feindliches erwidern, dann sagte er lässig: ›Wenn Sie schon meinen, mich entbehren zu können, so ist es doch meine amtliche Pflicht, den Tod zu konstatieren und ... wie er eingetreten ist.‹
Ich antwortete nicht und ließ ihn vorangehen. Dann trat ich zurück, schloß die Tür und legte den Schlüssel

auf den Tisch. Überrascht zog er die Augenbrauen hoch: ›Was bedeutet das?‹

Ich stellte mich ruhig ihm gegenüber:

›Es handelt sich hier nicht darum, die Todesursache festzustellen, sondern – eine andere zu finden. Diese Frau hat mich gerufen, um sie nach ... nach den Folgen eines verunglückten Eingriffes zu behandeln ... ich konnte sie nicht mehr retten, aber ich habe ihr versprochen, ihre Ehre zu retten, und das werde ich tun. Und ich bitte Sie darum, mir zu helfen!‹

Seine Augen waren ganz weit geworden vor Erstaunen. ›Sie wollen doch nicht etwa sagen‹, stammelte er dann, ›daß ich, der Amtsarzt, hier ein Verbrechen decken soll?‹

›Ja, das will ich, das muß ich wollen.‹

›Für Ihr Verbrechen soll ich ... ‹

›Ich habe Ihnen gesagt, daß ich diese Frau nicht berührt habe, sonst ... sonst stünde ich nicht vor Ihnen, sonst hätte ich längst mit mir Schluß gemacht. Sie hat ihr Vergehen – wenn Sie es so nennen wollen – gebüßt, die Welt braucht davon nichts zu wissen. Und ich werde es nicht dulden, daß die Ehre dieser Frau jetzt noch unnötig beschmutzt wird.‹

Mein entschlossener Ton reizte ihn nur noch mehr auf. ›Sie werden nicht dulden ... so ... nun, Sie sind ja mein Vorgesetzter ... oder glauben es wenigstens schon zu sein ... Versuchen Sie nur, mir zu befehlen ... ich habe mirs gleich gedacht, da ist Schmutziges im Spiel, wenn man Sie aus Ihrem Winkel herruft ... eine saubere Praxis, die Sie da anfangen, ein sauberes Probestück ... Aber jetzt werde *ich* untersuchen, *ich*, und

Sie können sich darauf verlassen, daß ein Protokoll, unter dem mein Name steht, richtig sein wird. Ich werde keine Lüge unterschreiben.‹

Ich war ganz ruhig.

›Ja – das müssen Sie diesmal doch. Denn früher werden Sie das Zimmer nicht verlassen.‹

Ich griff dabei in die Tasche – meinen Revolver hatte ich nicht bei mir. Aber er zuckte zusammen. Ich trat einen Schritt auf ihn zu und sah ihn an.

›Hören Sie, ich werde Ihnen etwas sagen ... damit es nicht zum Äußersten kommt. Mir liegt an meinem Leben nichts ... nichts an dem eines andern – ich bin nun schon einmal soweit ... mir liegt einzig daran, mein Versprechen einzulösen, daß die Art dieses Todes geheim bleibt ... Hören Sie: ich gebe Ihnen mein Ehrenwort, daß, wenn Sie das Zertifikat unterfertigen, diese Frau sei an ... nun an einer Zufälligkeit gestorben, daß ich dann noch im Laufe dieser Woche die Stadt und Indien verlasse ... daß ich, wenn Sie es verlangen, meinen Revolver nehme und mich niederschieße, sobald der Sarg in der Erde ist und ich sicher sein kann, daß niemand ... Sie verstehen: *niemand* – mehr nachforschen kann. Das wird Ihnen wohl genügen – das *muß* Ihnen genügen.‹

Es muß etwas Drohendes, etwas Gefährliches in meiner Stimme gewesen sein, denn wie ich unwillkürlich nähertrat, wich er zurück mit jenem aufgerissenen Entsetzen, wie ... wie eben Menschen vor dem Amokläufer flüchten, wenn er rasend hinrennt mit geschwungenem Kris ... Und mit einemmal war er anders ... irgendwie geduckt und gelähmt ... seine harte Haltung

brach ein. Er murmelte mit einem letzten ganz weichen Widerstand: ›Es wäre das erstemal in meinem Leben, daß ich ein falsches Zertifikat unterzeichnete ... immerhin, es wird sich schon eine Form finden lassen ... man weiß ja auch, was vorkommt ... Aber ich durfte doch nicht so ohne weiteres ... ‹
›Gewiß durften Sie nicht‹, half ich ihm, um ihn zu bestärken – (›Nur rasch! Nur rasch!‹ tickte es mir in den Schläfen) – ›aber jetzt, da Sie wissen, daß Sie nur einen Lebenden kränken würden und einer Toten ein Entsetzliches täten, werden Sie doch gewiß nicht zögern.‹
Er nickte. Wir traten zum Tisch. Nach einigen Minuten war das Attest fertig (das dann auch in der Zeitung veröffentlicht wurde und glaubhaft eine Herzlähmung schilderte). Dann stand er auf, sah mich an:
›Sie reisen noch diese Woche, nicht wahr?‹
›Mein Ehrenwort.‹
Er sah mich wieder an. Ich merkte, er wollte streng, wollte sachlich erscheinen. ›Ich besorge sofort einen Sarg‹, sagte er, um seine Verlegenheit zu decken. Aber was war das in mir, das mich so ... so furchtbar ... so gequält machte – plötzlich streckte er mir die Hand hin und schüttelte sie mit einer aufspringenden Herzlichkeit. ›Überstehen Sie's gut‹, sagte er – ich wußte nicht, was er meinte. War ich krank? War ich ... wahnsinnig? Ich begleitete ihn zur Tür, schloß auf – aber das war meine letzte Kraft, die hinter ihm die Tür schloß. Dann kam dies Ticken wieder in die Schläfen, alles schwankte und kreiste: und gerade vor ihrem

Bett fiel ich zusammen ... so ... so wie der Amokläufer am Ende seines Laufs sinnlos niederfällt mit zersprengten Nerven.«

Wieder hielt er inne. Irgendwie fröstelte michs: war das erster Schauer des Morgenwinds, der jetzt leise sausend über das Schiff lief? Aber das gequälte Gesicht – nun schon halb erhellt vom Widerschein der Frühe – spannte sich wieder zusammen:

»Wie lang ich so auf der Matte gelegen hatte, weiß ich nicht. Da rührte michs an. Ich fuhr auf. Es war der Boy, der zaghaft mit seiner devoten Geste vor mir stand und mir unruhig in den Blick sah.

›Es will jemand herein ... will sie sehen ... ‹

›Niemand darf herein.‹

›Ja ... aber ... ‹

Seine Augen waren erschreckt. Er wollte etwas sagen und wagte es doch nicht. Das treue Tier litt irgendwie eine Qual.

›Wer ist es?‹

Er sah mich zitternd an wie in Furcht vor einem Schlag. Und dann sagte er – er nannte keinen Namen ... woher ist in solch einem niedern Wesen mit einmal so viel Wissen, wie kommt es, daß in manchen Sekunden ein unbeschreibliches Zartgefühl derlei ganz dumpfe Menschen beseelt? ... dann sagte er ... ganz, ganz ängstlich ...

›*Er* ist es.‹

Ich fuhr auf, verstand sofort und war sofort ganz Gier, ganz Ungeduld nach diesem Unbekannten. Denn sehen Sie, wie sonderbar ... inmitten all dieser Qual, in

diesem Fieber von Verlangen, von Angst und Hast hatte ich ganz an ›ihn‹ vergessen … vergessen, daß da noch ein Mann im Spiele war … der Mann, den diese Frau geliebt, dem sie leidenschaftlich das gegeben, was sie mir verweigert … Vor zwölf, vor vierundzwanzig Stunden hätte ich diesen Mann noch gehaßt, ihn noch zerfleischen können … Jetzt … ich kann, ich kann Ihnen nicht schildern, wie es mich jagte, ihn zu sehen … ihn … zu lieben, weil sie ihn geliebt.
Mit einem Ruck war ich bei der Tür. Ein junger, ganz junger blonder Offizier stand dort, sehr linkisch, sehr schmal, sehr blaß. Wie ein Kind sah er aus, so … so rührend jung … und unsäglich erschütterte michs gleich, wie er sich mühte, Mann zu sein, Haltung zu zeigen … seine Erregung zu verbergen … Ich sah sofort, daß seine Hände zitterten, als er zur Mütze fuhr … Am liebsten hätte ich ihn umarmt … weil er ganz so war, wie ich mirs wünschte, daß der Mann sein sollte, der diese Frau besessen … kein Verführer, kein Hochmütiger … nein, ein halbes Kind, ein reines, zärtliches Wesen, dem sie sich geschenkt.
Ganz befangen stand der junge Mensch vor mir. Mein gieriger Blick, mein leidenschaftlicher Aufsprung machten ihn noch mehr verwirrt. Das kleine Schnurrbärtchen über der Lippe zuckte verräterisch … dieser junge Offizier, dies Kind mußte sich bezwingen, um nicht herauszuschluchzen.
›Verzeihen Sie‹, sagte er dann endlich. ›Ich hätte gerne Frau … gerne noch … gesehen.‹
Unbewußt, ganz ohne es zu wollen, legte ich ihm, dem Fremden, meinen Arm um die Schulter, führte

ihn, wie man einen Kranken führt. Er sah mich erstaunt an mit einem unendlich warmen und dankbaren Blick ... irgendein Verstehen unserer Gemeinschaft war schon in dieser Sekunde zwischen uns beiden ... Wir gingen zu der Toten ... Sie lag da, weiß, in den weißen Linnen – ich spürte, daß meine Nähe ihn noch bedrückte ... so trat ich zurück, um ihn allein zu lassen mit ihr. Er ging langsam näher mit ... mit so zuckenden, ziehenden Schritten ... an seinen Schultern sah ichs, wie es in ihm wühlte und riß ... er ging so wie ... wie einer, der gegen einen ungeheuren Sturm geht ... Und plötzlich brach er vor dem Bett in die Knie ... genau so, wie ich hingebrochen war.
Ich sprang sofort vor, hob ihn empor und führte ihn zu einem Sessel. Er schämte sich nicht mehr, sondern schluchzte seine Qual heraus. Ich vermochte nichts zu sagen – nur mit der Hand strich ich ihm unbewußt über sein blondes, kindlich weiches Haar. Er griff nach meiner Hand ... ganz lind und doch ängstlich ... und mit einemmal fühlte ich seinen Blick an mir hängen ...
›Sagen Sie mir die Wahrheit, Doktor‹, stammelte er, ›hat sie selbst Hand an sich gelegt?‹
›Nein‹, sagte ich.
›Und ist ... ich meine ... ist irgend ... irgend jemand schuld an ihrem Tode?‹
›Nein‹, sagte ich wieder, obwohl mirs aufquoll in der Kehle, ihm entgegenzuschreien: ›Ich! Ich! Ich! ... Und du! ... Wir beide! Und ihr Trotz, ihr unseliger Trotz!‹ Aber ich hielt mich zurück. Ich wiederholte noch einmal: ›Nein ... niemand hat schuld daran ... es war ein Verhängnis!‹

›Ich kann es nicht glauben‹, stöhnte er, ›ich kann es nicht glauben. Sie war noch vorgestern auf dem Balle, sie lächelte, sie winkte mir zu. Wie ist das möglich, wie konnte das geschehen?‹
Ich erzählte eine lange Lüge. Auch ihm verriet ich ihr Geheimnis nicht. Wie zwei Brüder sprachen wir zusammen alle diese Tage, gleichsam überstrahlt von dem Gefühl, das uns verband ... und das wir einander nicht anvertrauten, aber wir spürten einer vom andern, daß unser ganzes Leben an dieser Frau hing ... Manchmal drängte sichs mir würgend an die Lippen, aber dann biß ich die Zähne zusammen – nie hat er erfahren, daß sie ein Kind von ihm trug ... daß ich das Kind, sein Kind, hätte töten sollen, und daß sie es mit sich selbst in den Abgrund gerissen. Und doch sprachen wir nur von ihr in diesen Tagen, während derer ich mich bei ihm verbarg ... denn – das hatte ich vergessen, Ihnen zu sagen – man suchte nach mir ... Ihr Mann war gekommen, als der Sarg schon geschlossen war ... er wollte den Befund nicht glauben ... die Leute munkelten allerlei ... und er suchte mich ... Aber ich konnte es nicht ertragen, ihn zu sehen, ihn, von dem ich wußte, daß sie unter ihm gelitten ... ich verbarg mich ... vier Tage ging ich nicht aus dem Hause, gingen wir beide nicht aus der Wohnung ... ihr Geliebter hatte mir unter einem falschen Namen einen Schiffsplatz genommen, damit ich flüchten könne ... wie ein Dieb bin ich nachts auf das Deck geschlichen, daß niemand mich erkennt ... Alles habe ich zurückgelassen, was ich besitze ... mein Haus mit der ganzen Arbeit dieser sieben Jahre, mein Hab und Gut, alles

steht offen für jeden, der es haben will ... und die Herren von der Regierung haben mich wohl schon gestrichen, weil ich ohne Urlaub meinen Posten verließ ... Aber ich konnte nicht leben mehr in diesem Haus, in dieser Stadt ... in dieser Welt, wo alles mich an sie erinnert ... wie ein Dieb bin ich geflohen in der Nacht ... nur ihr zu entrinnen ... nur zu vergessen ...
Aber ... wie ich an Bord kam ... nachts ... mitternachts ... mein Freund war mit mir ... da ... da ... zogen sie gerade am Kran etwas herauf ... rechteckig, schwarz ... ihren Sarg ... hören Sie: ihren Sarg ... sie hat mich hierher verfolgt, wie ich sie verfolgte ... und ich mußte dabeistehen, mich fremd stellen, denn er, ihr Mann, war mit ... er begleitet ihn nach England ... vielleicht will er dort eine Autopsie machen lassen ... er hat sie an sich gerissen ... jetzt gehört sie wieder ihm ... nicht uns mehr, uns ... uns beiden ... Aber ich bin noch da ... ich gehe mit bis zur letzten Stunde ... er wird, er darf es nie erfahren ... ich werde ihr Geheimnis zu verteidigen wissen gegen jeden Versuch ... gegen diesen Schurken, vor dem sie in den Tod gegangen ist ... Nichts, nichts wird er erfahren ... ihr Geheimnis gehört mir, nur mir allein ...
Verstehen Sie jetzt ... verstehen Sie jetzt ... warum ich die Menschen nicht sehen kann ... ihr Gelächter nicht hören ... wenn sie flirten und sich paaren ... denn da drunten ... drunten im Lagerraum zwischen Teeballen und Paranüssen steht der Sarg verstaut ... Ich kann nicht hin, der Raum ist versperrt ... aber ich weiß es mit allen meinen Sinnen, weiß es in jeder Sekunde ... auch wenn sie hier Walzer spielen und

Tango ... es ist ja dumm, das Meer da schwemmt über Millionen Tote, auf jedem Fußbreit Erde, den man tritt, fault eine Leiche ... aber doch, ich kann es nicht ertragen, ich kann es nicht ertragen, wenn sie Maskenbälle geben und so geil lachen ... diese Tote, ich spüre sie, und ich weiß, was sie von mir will ... ich weiß es, ich habe noch eine Pflicht ... ich bin noch nicht zu Ende ... noch ist ihr Geheimnis nicht gerettet ... sie gibt mich noch nicht frei ...«

Vom Mittelschiff kamen schlurfende Schritte, klatschende Laute: Matrosen begannen das Deck zu scheuern. Er fuhr auf wie ertappt: sein zerspanntes Gesicht bekam einen ängstlichen Zug. Er stand auf und murmelte: »Ich gehe schon ... ich gehe schon.«
Es war eine Qual, ihn anzuschauen: seinen verwüsteten Blick, die gedunsenen Augen, rot von Trinken oder Tränen. Er wich meiner Anteilnahme aus: ich spürte aus seinem geduckten Wesen Scham, unendliche Scham, sich verraten zu haben an mich, an diese Nacht. Unwillkürlich sagte ich:
»Darf ich vielleicht nachmittags zu Ihnen in die Kabine kommen ... «
Er sah mich an – ein höhnischer, harter, zynischer Zug zerrte an seinen Lippen, etwas Böses stieß und verkrümmte jedes Wort.
»Aha ... Ihre famose Pflicht, zu helfen ... aha ... Mit der Maxime haben Sie mich ja glücklich zum Schwatzen gebracht. Aber nein, mein Herr, ich danke. Glauben Sie ja nicht, daß mir jetzt leichter sei, seit ich mir die Eingeweide vor Ihnen aufgerissen habe bis zum

Kot in meinen Därmen. Mein verpfuschtes Leben kann mir keiner mehr zusammenflicken ... ich habe eben umsonst der verehrlichen holländischen Regierung gedient ... die Pension ist futsch, ich komme als armer Hund nach Europa zurück ... ein Hund, der hinter einem Sarg herwinselt ... man läuft nicht lange ungestraft Amok, am Ende schlägts einen doch nieder, und ich hoffe, ich bin bald am Ende ... Nein, danke, mein Herr, für Ihren gütigen Besuch ... ich habe schon in der Kabine meine Gefährten ... ein paar gute alte Flaschen Whisky, die trösten mich manchmal, und dann meinen Freund von damals, an den ich mich leider nicht rechtzeitig gewandt habe, meinen braven Browning ... der hilft schließlich besser als alles Geschwätz ... Bitte, bemühen Sie sich nicht ... das einzige Menschenrecht, das einem bleibt, ist doch: zu krepieren wie man will ... und dabei ungeschoren zu bleiben von fremder Hilfe.«

Er sah mich noch einmal höhnisch ... ja herausfordernd an, aber ich spürte: es war nur Scham, grenzenlose Scham. Dann duckte er die Schultern, wandte sich um, ohne zu grüßen, und ging merkwürdig schief und schlurfend über das schon helle Verdeck den Kabinen zu. Ich habe ihn nicht mehr gesehen. Vergebens suchte ich ihn nachts und die nächste Nacht an der gewohnten Stelle. Er blieb verschwunden, und ich hätte an einen Traum geglaubt oder an eine phantastische Erscheinung, wäre mir nicht inzwischen unter den Passagieren ein anderer aufgefallen, mit einem Trauerflor um den Arm, ein holländischer Großkaufmann, der, wie man mir bestätigte, eben seine Frau an einer Tropenkrankheit verloren hatte. Ich sah ihn ernst und gequält abseits von den andern auf und ab gehen, und der Gedanke, daß ich um seine geheimste Sorge wußte, gab mir eine geheimnisvolle Scheu: ich bog immer zur Seite, wenn er vorüberkam, um nicht mit einem Blick zu verraten, daß ich mehr von seinem Schicksal wußte als er selbst.

Im Hafen von Neapel ereignete sich dann jener merkwürdige Unfall, dessen Deutung ich in der Erzählung des Fremden zu finden glaube. Die meisten Passagiere waren abends von Bord gegangen, ich selbst in die Oper und dann noch in eines der hellen Cafés an der Via Roma. Als wir mit einem Ruderboot zu dem Dampfer zurückkehrten, fiel mir schon auf, daß einige Boote mit Fackeln und Azetylenlampen das Schiff suchend umkreisten, und oben am dunklen Bord war ein geheimnisvolles Gehen und Kommen von Karabinieris und Gendarmerie. Ich fragte einen Matrosen, was geschehen sei. Er wich in einer Weise aus, die sofort zeigte, daß Auftrag zum Schweigen gegeben sei, und auch am nächsten Tage, als das Schiff wieder friedfertig und ohne Spur eines Zwischenfalles nach Genua weiterfuhr, war nichts an Bord zu erfahren. Erst in den italienischen Zeitungen las ich dann, romantisch ausgeschmückt, von jenem angeblichen Unfall im Hafen von Neapel. In jener Nacht sollte, so schrieben sie, in unbelebter Stunde, um die Passagiere nicht durch den Anblick zu beunruhigen, der Sarg einer vornehmen Dame aus den holländischen Kolonien von Bord des Schiffes auf ein Boot gebracht werden, und man ließ ihn eben in Gegenwart des Gatten die Strickleiter herab, als irgend etwas Schweres vom hohen Bord niederstürzte und den Sarg mit den Trägern und dem Gatten, die ihn gemeinsam niederhißten, mit sich in die Tiefe riß. Eine Zeitung behauptete, es sei ein Irrsinniger gewesen, der sich die Treppe hinab auf die Strickleiter gestürzt habe, eine andere beschönigte, die Leiter sei von selbst unter dem übergroßen Gewicht gerissen: jedenfalls schien die Schiffahrtsgesellschaft alles getan zu haben, um den genauen Sachverhalt zu verschleiern. Man rettete nicht ohne Mühe die Träger und den Gatten der Verstorbenen mit Booten aus dem Wasser, der Bleisarg aber ging sofort in die Tiefe und konnte nicht mehr geborgen werden. Daß gleichzeitig in einer andern Notiz kurz erwähnt wurde, es sei die Leiche eines etwa vierzigjährigen Mannes im Hafen angeschwemmt worden, schien für die Öffentlichkeit in keinem Zusammenhang mit dem romantisch reportierten Unfall zu stehen; mir aber war, kaum daß ich die flüchtige Zeile gelesen, als starre plötzlich hinter dem papierenen Blatt das mondweiße Antlitz mit den glitzernden Brillengläsern mir noch einmal gespenstisch entgegen.